【創造魔法】を覚えて、万能で最強になりました。

クラスから追放した奴らは、そこらへんの草でも食ってろ！

sozomaho wo oboete banno de saikyo ni narimashita.

4

Author
久乃川あずき
Kunokawa Azuki

Illustration
東上文

高崎由那《たかさきゆな》
七池高校二年A組の一人。優樹の幼馴染で、クラスで一、二を争う美人。魔族に捕らえられ、魔物の力を与えられた。
ミルル
「銀狼の団」のリーダーを務めるSランク冒険者。語尾に「にゃ」をつけて喋るのに、狼の獣人と人間のミックス。
クロ
猫の獣人で、「神速の暗黒戦士」の異名をとるSランクの冒険者。
水沢優樹《みずさわゆうき》
異世界に転移した七池高校二年A組の一人。怪我を理由にクラスから追放されるが、偶然『創造魔法』を手に入れたことで運命が大きく変わっていく。

Main Characters
主な登場人物
姫《ひめ》川《かわ》エリナ
七池高校二年A組の一人。
魔族に与して
ネクロマンサーとしての
力を手に入れ、新たな
七魔将となった。
神《かみ》代《しろ》霧《きり》人《と》
七池高校二年A組の
一人で、成績優秀、
スポーツ万能な完璧超人。
エリナとともに魔族に
与して新たな七魔将
となった。
比《ひ》留《る》川《かわ》四郎《しろう》
七池高校二年A組の一人。
卑怯な性格が災いして
追放されたが、謎の力を
得て舞い戻る。

七池高校　二年A組の生徒たち

氏　名（五十音順）	出席番号
秋原拓也《あきはらたくや》	1
浅田瑞恵《あさだみずえ》	2
甘枝胡桃《あまえだくるみ》	4
笠松小次郎《かさまつこじろう》	8
神代霧人《かみしろきりと》	9
北野宗一《きたのそういち》	11
死亡 久我山恵一《くがやまけいいち》	14
死亡 黒崎大我《くろさきたいが》	16
郷田力也《ごうだりきや》	18
古賀恭一郎《こがきょういちろう》	19
高崎由那《たかさきゆな》	23
長島浩二《ながしまこうじ》	25
死亡 羽岡百合香《はねおかゆりか》	27
原口奈留美《はらぐちなるみ》	28
姫川エリナ《ひめかわえりな》	29
比留川四郎《ひるかわしろう》	30
松岡亜紀《まつおかあき》	32
水沢優樹《みずさわゆうき》	33
南千春《みなみちはる》	34
宮部雪音《みやべゆきね》	35
（他十五名は死亡）	

sozomaho wo oboete banno de
saikyo ni narimashita.

プロローグ

僕――水沢優樹《みずさわゆうき》は七池高校《なないけこうこう》二年A組の三十四人のクラスメイトとともに異世界に転移した。

それから三ヶ月で十五人のクラスメイトが死に、ケガをした僕はクラスから追放されてしまった。

普通なら、森の中をうろつき回るモンスターに殺されていただろう。

しかし、僕は『創造魔法《そうぞうまほう》』を覚えたことで生き延びることができた。

創造魔法は万能の魔法で、素材さえあれば何だってできる。

強力な呪文でモンスターを倒すこともできるし、美味《おい》しい料理を具現化することも可能だ。

僕は冒険者となり、幼馴染《おさななじ》みの由那《ゆな》、猫の獣人のクロとパーティーを組んだ。

そして、創造魔法を教えてくれた英雄アコロンとの約束を果たすために、僕たちは動き出した。

それは、魔王ゾルデスを倒すことだ。

アクア国の王様に会って、ゾルデス討伐の協力を得た。

さらに新たな仲間として、獣人ミックスのミルルが加わった。

僕たちは七魔将《ななましょう》カリーネを倒して、ゾルデスがいる最果ての大迷宮に向かうことになった。

第一章　つかの間の休日

僕と由那は、深い森の中にある家で昼食を取っていた。

リビングの中央に置かれたテーブルの上では、創造魔法で具現化した『ピザール』のピザが湯気を立てている。

「んーっ、幸せ」

ピザを口にした由那が満足げな笑みを浮かべた。つやのある黒髪に色白の肌、ぱっちりとした目の下にはほくろがある。スタイルも良く、冒険者用の服の胸元が大きく膨《ふく》らんでいた。

「ピザールの照り焼きチキンピザは美味しいね」

由那はメガネの奥の目を細くする。

「そうだね。イタリア人からは怒られそうだけど、ピザの具に照り焼きチキンはすごく合ってると思うよ」

僕は切り分けられたピザを手に取り、一口食べる。

溶けたチーズと照り焼きチキンの組み合わせは最高だな。コーンとマッシュルームも入っているし、刻《きざ》み海苔《のり》が香《こう》ばしさをプラスしている。

この世界で食べた料理にも美味しいものはあったけど、やはり、元の世界の料理にはかなわない。特に日本では、世界中の美味しい料理を食べることができたし。

僕は右手の人差し指にはめた『ダールの指輪《ゆびわ》』を見つめる。

この指輪の中には多くの素材が収納してある。この素材さえあれば、創造魔法は万能だ。

美味しい料理を出すこともできるし、強い武器や防具を作ることもできる。千人以上の軍隊を一発で殲滅《せんめつ》させる高位呪文も使えるんだ。

「ねぇ、優樹くん」

由那が僕に声をかけた。

「この後、何をするの？」

「今日は体を休めておこうか。明日から忙《いそが》しくなるし」

「明日はヨタトの町に戻って、みんなと合流するんだよね？」

「うん。いっしょにカラロ城に行く予定だからね」

僕は壁に貼ってあるアクア国の地図に視線を向ける。

カラロ城を攻めるのは、『幻惑《げんわく》の軍師《ぐんし》』シャムサスが率いる十万の軍隊だ。十日で城を落とす計画を立ててるみたいだけど、上手くいくんだろうか。

当然、カラロ城を守る魔族側もアクア国の軍隊が攻めてくることを知ってるだろうし。

厳しい戦いになるかもしれないな。

その時、誰かがドンドンと玄関の扉を叩いた。

「ん？　誰だろう？」

立ち上がって扉に近づくと、声が聞こえてきた。

「優樹くん！　いるんでしょ？」

「この声は……」

僕は金属製の扉を開けた。

そこにいたのは副委員長の瑞恵《みずえ》だった。

瑞恵は英語の文字が印刷されたＴシャツとチェック柄のスカートを穿《は》いていて、髪は短く切っている。学校から走ってきたのか、Ｔシャツの胸元が汗で濡《ぬ》れていた。

「優樹くんっ！　助けて！」

瑞恵が僕の上着を掴《つか》んだ。

「助けてって、何かあったの？」

「学校に大きなクモが襲《おそ》ってきてるの」

「クモって、八本脚のクモ？」

「そうよ！　でも、犬ぐらい大きくて何百匹もいるの。それで……委員長がケガして」

瑞恵の目が赤くなっている。

「お願い！　宗一《そういち》くん……委員長を助けて！　あの石をあげるから！」

「あの石？」

「そう。黒くてキラキラした石よ。三日前に私が見つけたの」

「『魔石《ませき》』か……」

あの石は新しい魔法を創造する時に必要になる素材だ。今の僕は百個以上持っている。今さら、欲しい素材じゃない。

だけど……。

「わかった！　由那もついてきて！」

僕たちは家を出て、二百メートル先の学校に向かった。


校門から学校の敷地に入ると、ヤンキーグループのリーダー、恭一郎《きょういちろう》と剣道部の小次郎《こじろう》が赤黒いクモに囲まれていた。

クモは中型犬ぐらいの大きさで、八本の脚の先端は鋭く尖《とが》っていた。八つの目は赤く、白い牙から は半透明の液体が垂れている。

僕は腰に提《さ》げていた『魔銃零式《まじゅうぜろしき》』を手に取り、ダールの指輪から『通常弾《つうじょうだん》』を装填《そうてん》する。

二匹のクモが恭一郎に飛びかかった。

同時に僕は引き金を引く。

銃声が響き、二匹のクモの丸い体に小さな穴が開いた。その穴から黄色い体液が噴《ふ》き出す。

「ゆ、優樹……」

ぽかんとした顔で恭一郎が僕を見つめる。

「ケガはない？」

「……あ、ああ。俺たちは」

その時――。

「キュキュッ！」

校舎の壁に張りついていた数匹のクモが甲高い鳴き声をあげて、飛び降りてきた。

「優樹くん、私にまかせて！」

由那が巨大化した斧を両手で振り回す。

クモの体が切断され、赤黒い手脚が地面に落ちた。

強いモンスターじゃないな。でも、数も多いし、みんなにはきついか。

「ひっ、ひいいいっ！」

突然、校舎の昇降口から、料理研究会の胡桃《くるみ》が飛び出してきた。その背中にはクモが張りついている。

「たっ、助けて！」

胡桃の足がもつれて、前のめりに地面に倒れた。

僕は胡桃に駆《か》け寄り、背中に張りついていたクモを蹴り上げる。

胡桃から離れたクモに銃口を向けて、僕は通常弾を撃った。

クモの頭部に穴が開き、カシャカシャと動いていた脚が停止する。

「優樹くん！　あっちよ！」

僕の後ろにいた瑞恵が体育館を指さした。

視線を動かすと、体育館の前に七人の元クラスメイトたちがいた。その周囲を数十匹のクモが取り囲んでいる。野球部の浩二《こうじ》とヤンキーグループの巨漢、力也《りきや》が必死に鉄の棒を振り回しているのが見えた。

僕は走りながら、みんなを取り囲んでいるクモの位置を確認する。

よし！　この距離なら……。

ダールの指輪に収納していた『魔力《まりょく》キノコ』『赤炎石《せきえんせき》』『星水晶《ほしすいしょう》』を組み合わせて、『ファイヤーボール改』の呪文を使用した。

具現化された数十の火の玉が、意思を持っているかのように動きクモに当たる。

「キュイイイッ！」

クモたちは炎に包まれて動かなくなった。

「優樹！　助けにきてくれたのか」

浩二が僕に駆け寄ってきた。

「やっぱり、お前は俺たちのヒーローだぜ！」

「副委員長が魔石……黒い石をくれるって言ったからだよ」

僕は腹部を押さえて倒れている委員長の宗一に近づいた。宗一のシャツは破れていて、ズボンまで血で濡れている。

傷は深そうだな。このまま血が止まらないなら、出血多量で死ぬだろう。

「僕は……死ぬんだな……」

宗一は青白い唇《くちびる》を動かした。

「むなしい……人生だった。こんな世界に……転移して……草ばかり食って。元の世界にいたのなら、有名な大学に入って、一流企業に就職できたのに……」

「まだ、死ぬって決まったわけじゃないよ」

僕は魔力キノコと『夢月草《ゆめつきそう》』を組み合わせて、回復魔法を使用した。

黄金色の光が宗一の腹部を照らした。みるみる傷が塞《ふさ》がっていく。

「こ……これは？」

宗一は驚いた顔で腹部を触る。

「僕は……助かったのか？」

「うん。回復魔法を使ったから」

「回復魔法？」

「ケガを治す魔法だよ。ある程度の傷なら、この魔法で治すことができるよ」

「そっ、そんなことができるなんて、聞いてないぞ」

「言ってなかったからね」

僕は周囲を確認する。

近くにいたクモは由那が倒していて、残っていたクモも学校の敷地から逃げ出している。

もう大丈夫みたいだな。一四一四なら、みんなでも倒せるだろうし。

「ちょっと、優樹くん！」

自己中心的な奈留美《なるみ》が僕に声をかけてきた。

「私もケガしてるの。早く治してよ」

そう言って、奈留美はクモに引っかかれた腕の傷を見せる。

「すごくヒリヒリして痛いんだから」

「その傷、たいしたことないよ。もう血も止まってるみたいだし」

「はぁ？　委員長は治したでしょ。それなのに私を治さないって、おかしいから！」

奈留美は眉を吊り上げた。

「これって、差別よね」

「違うよ。委員長は回復魔法を使わなかったら、死ぬ可能性が高かった。でも、君は元気じゃないか」

「元気じゃないから！　それに傷痕《きずあと》が残ったらどうするの？　責任取ってくれるわけ？」

「どうして、僕が責任取らないといけないんだよ」

ずっしりと肩が重くなる。

毎度のことだけど、奈留美と話してると頭が痛くなるな。ここまで自分勝手な人間は見たことがない。

「とにかく、僕の仕事は終わったよ。約束通り、魔石をもらうから」

「わかってる。ちゃんと約束は守るから」

瑞恵がスカートのポケットから魔石を取り出し、それを僕に渡してくる。

「……うん。小さいけど、魔石だね」

僕は魔石をダールの指輪に収納した。

「じゃあ、僕は家に帰るから」

「おいっ、待てよ！」

浩二が背後から僕の肩を掴んだ。

「その石を渡したんだから、ついでに食い物も出してくれないか」

「食い物？」

「あぁ。そのぐらいいいだろ？」

浩二は壊れた小屋を指さした。

「俺たちが育ててた鳥をクモが殺したんだ。このままじゃ、当分、野草サラダとスープだけの生活になるからさ。胃にがつんとくるものが食いたいんだよ」

「狩りはやってないの？」

「最近は上手くいかなくてさ。新しいゴブリンの群れが狩り場の近くに巣を作ったし、恵一《けいいち》と雪音《ゆきね》もいなくなったからさ」

「あぁ、今は十一人か」

僕は元クラスメイトたちを見回す。

異世界に転移した時は、三十五人のクラスメイトがいたのにな。

「だから、『ビッグマグド』ぐらいいいだろ？」

浩二が僕の肩に太い手を回した。

「もう、お前に逆らうつもりなんてないんだからさ」

「無理だね。食べ物を出すための素材も貴重だし、それは仲間のために取っておきたいから」

「仲間？　そいつらにはビッグマグドを食わせてるのか？」

「ビッグマグドはまだ食べさせてないけど、『杉阪牛《すぎさかうし》』のステーキやシュークリームは食べさせたかな。どれも好評だったよ」

「杉阪牛のステーキだとっ！」

力也が野太い声を出した。

「おっ、お前、そんなものも出せたのか？」

「うん。僕が食べたものなら、何でも魔法で出せるから」

「何でもって……カツ丼や天丼もか？」

「もちろん。他にもピザとか寿司とかラーメンとか……」

「あああっ！」

胡桃が僕の前で土下座した。

「お願い、優樹くん。とんこつラーメンを……とんこつラーメンを出して！　私、ラーメンが大好きなの」

「バカっ！　とんこつラーメンより、杉阪牛のステーキだろうがっ！」

恭一郎が怒声をあげた。

「肉だぞ、肉！　しかも最高品質の牛の肉だ！」

「でも、ラーメンだって、チャーシューが載ってるし」

「値段を考えろ！　杉阪牛のステーキは三万円を超えるのもあるんだぞ！」

「待てっ！」

小次郎が口を開く。

「日本人なら、寿司にするべきだろう。この世界の魚を生で食うのは無理そうだしな。寄生虫の問題があるだろうし」

「いいや。杉阪牛のステーキだ！」

「とんこつラーメンよ！」

胡桃と恭一郎と小次郎が言い争いを始めた。

食べ物を出すなんて、言ってないのに……。

僕は頭をかきながら、ため息をつく。

その時――。

コンクリートの塀の向こう側から、大きな音が聞こえた。

全員の視線が音がした方向に向く。

そこには、背丈が五メートルを超える巨大なクモがいた。クモは全身が黒光りしていて、八つの目が赤く輝いている。

「ギィイイイ！」

クモは八本の脚を動かして、こっちに近づいてくる。

「ひ、ひぃいいいっ！」

千春《ちはる》が悲鳴をあげて、後ずさりする。

他のクラスメイトたちも恐怖に顔を歪《ゆが》めて、僕の背後に回った。

クモの親玉か。あれは通常弾では倒せそうにないな。

僕は『エクスプローダー弾』を魔銃零式に装填し、近づいてくるクモに向けて引き金を引いた。

銃声が響き、弾丸がクモの額に当たる。金属同士がぶつかったような音がして、エクスプローダー弾が弾《はじ》かれた。

小さなクモと違って硬いな。それなら、脚の関節を狙って動けなくするか。

「由那っ！　僕がクモの動きを止めるから」

「わかった」

由那の持っている斧がさらに大きくなった。

「どいてろ！　優樹」

突然、聞き覚えのある声が背後から聞こえ、誰かが僕と由那の間をすり抜けた。

声の主は追放された四郎《しろう》だった。

四郎の頬《こ》は痩けていて、手足は棒のように細い。冒険者風の服を着て、茶色のブーツを履いていた。

「さて、と」

四郎は口角を吊り上げて、巨大なクモに突っ込んだ。

「ギィイイ！」

クモは尖った前脚を振り下ろす。

その攻撃をかわして、四郎はジャンプした。前脚の関節部分に飛び乗り、さらにジャンプしてクモの真上に移動する。

「一瞬で終わらせてやるよ」

四郎は笑いながら、右手を振り上げた。

「ギッ……ギギッ！」

クモは楕円形《だえんけい》の胴体を上下に揺らして、四郎を振り落とそうとする。

「もう遅い！」

四郎の右手のひらが縦に裂《さ》け、その部分から胴回りが二十センチ近くある細長い生き物が姿を見せた。色は赤黒く、先端の部分の口には尖った歯が円形状に並んでいる。

その生物の胴体が長く伸び、頭部がクモの赤い目を突き破った。

グシュ……グシュ……グシュ……。

肉が喰い千切られるような音が聞こえてくる。

「ギ……ギギ……」

クモの動きが止まり、ぐらりと体が傾く。

そして、クモは地響きを立てて横倒しになった。

同時に四郎がクモの上から飛び降りる。

「残念だったな、優樹」

四郎はだらりと舌を出した。

「みんなの前ででかいクモを倒して、ヒーローになりたかったんだろうけど、それは僕の役目になったみたいだね」

「ヒーローになる気なんてないよ」

僕は四郎と視線を合わせる。

「僕は報酬《ほうしゅう》をもらって、クモ退治をしてただけだから」

「報酬がなければ、みんなを助けなかったってことか」

「そうだね。ビジネスライクにつき合おうって、委員長にも言われてたし」

「……ふーん。やっぱり君は冷たい男だね」

四郎は右手を胸元まで上げた。手のひらから出ている細長い生物が尖った歯をカチカチと鳴らして、僕を威嚇《いかく》する。

「まあいいや。せっかく会えたことだし、ここで君との決着をつけることにしようか」

「君と戦う気はないって言っただろ？」

「それなら由那は僕がもらうぞ。お前程度の能力じゃ、由那を守れないからな」

四郎の視線が僕の隣にいる由那に向いた。

「由那っ！　君もそろそろ気づきなよ」

「気づくって何に？」

由那が低い声で言った。

「優樹より、僕のほうが強いってことにだよ」

「仮にそうだったとしても、私は優樹くんの側にいるから」

「安心しなよ。食べ物なら、優樹を奴隷《どれい》にして、いくらでも出させるから」

「食べ物は関係ないよ。私は優樹くんが好きだから、いっしょにいたいんだよ」

その言葉に四郎の痩けた頬がぴくりと動いた。

「……あぁ、君と優樹は幼馴染みだったな。それなら、好意を持つことぐらいあるか。でも、それは真実の愛じゃない」

「真実の愛？」

「そうさ。君が愛するべき者は最強の力を手に入れた僕だ。僕こそが君の恋人……いや、夫にふさわしい男なんだよ」

血走った目で四郎は由那を見つめる。

「今から、それを証明してやる。優樹を叩きのめしてね。ひひっ！」

またか……。

僕はため息をついた。

これだけ僕に執着するのは、四郎が由那を好きだからか。

四郎の気持ちもわかる。元の世界にいた頃から、由那は綺麗《きれい》で可愛《かわい》かったし、今の由那はサキュバスの血が混じっているせいで、さらに魅力的になった。

そんな由那を手に入れたいと多くの男が思うだろう。

当然、由那の側にいる僕は妬《ねた》まれるってことか。

「優樹っ！　君は運がいいよ」

四郎が言った。

「元の世界の食べ物を出せる能力があるから、僕に殺されることはない。まあ、実力の違いを証明するために手足ぐらいは折らせてもらうけど」

「ねぇ、四郎」

ヤンキーグループの亜紀《あき》が口を開いた。

「優樹を奴隷にするのなら、私たちにもビッグマグドを食べさせてよ」

「あぁ、いいよ。君たちが僕に忠誠を誓うのならね」

「もちろん、誓うわ」

亜紀は上唇を舐《な》めた。

「この世界じゃ強い者が正義なんだし」

「わかってるじゃないか」

四郎の口角が吊り上がる。

「で、他のみんなはどうする？」

「僕も四郎くんに忠誠を誓うよ」

アニメ好きの拓也《たくや》が右手を挙げた。

「『かっつ家《や》』のカツ丼が食べられるのなら、リーダーが誰だっていいよ」

「待てよ」

恭一郎が四郎に近づいた。

「お前、優樹に勝てるのか？　前に優樹の銃でやられてたじゃねぇか」

「あの時の僕とは違うよ」

四郎の手のひらから伸びている細長い生物が、カチカチと尖った歯を鳴らした。

「今の僕はドラゴンだって殺せるからね。それにみんなも見ただろ？　優樹の銃が効《き》かなかったクモを僕はあっという間に殺したんだ」

「なら、さっさと優樹くんを奴隷にしてよ！」

奈留美が叫んだ。

「そしたら、あなたを王様って認めるから」

「ふん。相変わらず、自分勝手な女だな」

四郎は短く舌打ちをした。

「まあいい。今は優樹だ。さあ、やるぞ！」

「やらないって言ってもダメなんだろうね」

僕は数歩下がって、魔銃零式を構える。

「由那は下がってて。大丈夫だから」

「大丈夫ねぇ」

四郎は頭を右に傾けて、僕を見つめる。

「その余裕がいつまで続くか、楽しみだよ――『漆黒蟲《しっこくむし》』、出てこい」

四郎の左手のひらが縦に裂け、そこから直径一センチぐらいの黒い蟲が這い出してきた。無数の漆黒蟲は四郎の腕、肩、胴体を包むように移動する。

そして、四郎の全身が漆黒蟲で覆《おお》われた。

これは……蟲の鎧《よろい》か。

「さて……と」

四郎は腰を軽く曲げて、僕に近づく。

僕は魔銃零式の引き金を引いた。

通常弾が四郎の肩に当たり、弾け飛ぶ。

「残念だったな、優樹」

四郎がにやりと笑った。

「この鎧はドラゴンの爪だって防げたんだ。銃の弾程度じゃ、小石を投げられたようなものさ」

「……なるほど」

僕は四郎に銃口を向けたまま、ふっと息を吐く。

エクスプローダー弾を使えば、なんとかなるかもしれないけど、四郎が死ぬかもしれない。

四郎は卑屈《ひくつ》で残忍《ざんにん》な性格をしている。特別な能力を手に入れてからは、傲慢《ごうまん》な態度も取るようになった。仲良くなりたいような人物じゃない。

だけど、四郎を殺したいとは思わない。

「鎧だけと思うなよ」

四郎の右手から伸びていた細長い生物の頭部がボコボコと膨らみ始めた。

それは膨張を繰り返し、人の形に変化した。

背丈は二メートル、頭部には目と鼻がなく円形状の口に尖った歯が均等に並んでいた。肩幅は広く、だらりと下げた両手は地面につくほど長い。細長いしっぽの部分が四郎の手のひらと繋《つな》がっていた。

「カカカッ！」

尖った歯を鳴らして、それは笑った。

「『蛇王蟲《じゃおうちゅう》』だよ」

四郎がそれの名前を言った。

「こいつを育てるのに時間がかかったよ。でも、苦労したかいはあったな。こいつの戦闘力はドラゴンと同レベルだからな」

蛇王蟲が上半身を揺らしながら、僕に近づいてくる。

「蛇王蟲！　優樹の手足を折ってしまえ！」

四郎の言葉を理解しているのか、蛇王蟲が僕に突っ込んできた。

僕はダールの指輪に収納していた魔力キノコ、『一角狼《いっかくおおかみ》の角《つの》』『光妖精《ひかりようせい》の髪《かみ》の毛《け》』『時蟲《ときむし》の粉《こな》』を組み合わせて、身体強化の呪文――『戦天使《いくさてんし》の祝福《しゅくふく》』を使用する。

一瞬、僕の体が青白く輝き、パワーとスピード、防御力が強化された。

「カカッ！」

蛇王蟲が長く太い腕を真っ直ぐに伸ばした。僕の顔面に巨大なこぶしが迫る。

僕は左足で地面を蹴って、一気に右に移動した。そのまま、蛇王蟲の脇腹に通常弾を連続で撃ち込む。銀色の弾丸が赤黒い皮膚《ひふ》の表面で止まった。

硬いな。それなら……。

僕は蛇王蟲と距離を取り、エクスプローダー弾を撃った。

大きな銃声が響き、蛇王蟲の肩が爆発する。

しかし、大きくえぐられた肩の部分は数秒で再生した。

「残念だったね。きひっ」

蛇王蟲の背後にいた四郎が笑い声をあげた。

「蛇王蟲は不死身なのさ。どんなにダメージを与えても再生するからね」

「再生能力つきのモンスターか」

僕は後ずさりしながら、銃口を蛇王蟲に向けた。

前に戦った魔族のギルドールと同じ能力だな。切り札の一つの『滅呪弾《めつじゅだん》』を使えば、多分倒せるだろうけど、あれは温存しておきたい。

他の手でなんとかするか。

僕は新たな弾丸を魔銃零式に装填して、引き金を引いた。

『ガム弾』が蛇王蟲の足に当たり、一気に膨れ上がった。

蛇王蟲の動きが止まる。

よし！　これで四郎に集中できる。

そう思った瞬間、蛇王蟲の足が細長く変化した。固まったガム弾が足から外れる。

「カカカッ！」

蛇王蟲はコンパスのような細い足を動かし、僕に駆け寄る。

伸縮自在の体ってことか。それなら……。

僕は、魔力キノコ、『雪蟲《ゆきむし》の粉』『水竜《すいりゅう》の血《ち》』を組み合わせて、『氷結嵐《ひょうけつあらし》』の呪文を使用する。

目の前に迫った蛇王蟲の下半身が凍りつき、横倒しになる。

その下半身に向かって、僕はエクスプローダー弾を撃った。ガラスが割れるような音がして、蛇王蟲の下半身が砕《くだ》ける。

「ガ……ガガ……」

それでも蛇王蟲は生きていた。ボコボコと赤黒い肉を泡のように膨らませ、下半身を再生させようとしている。

そうはさせない。

僕はエクスプローダー弾を連続で撃った。赤黒い体に弾丸が入り込み、次々と爆発する。

周囲の地面がえぐれ、小さな肉片が飛び散った。

「ガ……ガ……」

蛇王蟲の声が途切れ、上半身の動きが止まった。

これだけバラバラにすれば再生は無理みたいだな。

動かなくなった肉片を見て、僕は息を吐く。

「ウソ……だろ？」

四郎が掠《かす》れた声を出した。

「拳銃の弾ごときで蛇王蟲がやられるのか」

「特別製の弾を使ったからね」

「特別製の弾？」

「エクスプローダー弾だよ。弾頭に素材を入れて、着弾と同時に爆発させるんだ。その弾を連続で撃ち込んだから、再生が間に合わなかったんだよ」

僕は銃口を四郎に向ける。

「もういいだろ？　これ以上戦う意味なんてないよ」

「……意味がないだと？」

「うん。君はこの異世界で特別な力を手に入れた。その力があれば、西の町にも行けるし、そこで冒険者として生きることもできる。僕なんかにこだわる必要はないんだよ」

「いや、あるね。お前のせいで僕は追放されたんだから」

「僕が君を追放したわけじゃないし」

僕は左手で頭をかく。

「君を追放したのは委員長たちだろ？」

「原因を作ったのはお前じゃないか！」

四郎がぎりぎりと歯を鳴らした。

「お前が追放されて死んでいたら、こんなことにはならなかったんだ！　お前がいなかったら、僕が由那を……」

四郎の視線が一瞬由那に向いた。

「……もういい。食い物なんてどうだっていい。やっぱり、お前を殺すことにするよ」

「……殺す？」

「そうさ。お前が死ねば全て上手くいくんだ」

四郎の目が血走り、体を包んでいる無数の漆黒蟲が金属を引っかくような音を立てる。

「これからは殺し合いだ。覚悟はいいな」

「君に人が殺せるの？」

「楽勝さ。恵一も殺したしな」

「恵一を殺した？」

「ああ。この前、森の中でね」

四郎の言葉に、周囲にいた元クラスメイトたちの顔が強張《こわば》った。

「おっ、お前、本当に恵一を殺したのか？」

浩二の質問に四郎はうなずいた。

「あいつは僕の追放を提案したからな。殺されても文句はないはずだ」

「殺されてもって……」

「何だよ？　お前も文句があるのか？」

「い、いや……」

浩二は四郎から視線をそらして、口をもごもごと動かす。

「ふん。雑魚《ざこ》どもは黙って見てろ。僕が優樹を殺すところをな」

そう言うと、四郎は僕に突っ込んできた。

「死ねっ！　優樹！」

四郎のこぶしが僕の顔面に迫る。僕は上半身をそらして、その攻撃を避ける。

「甘いぞ！」

四郎のこぶしが開き、そこから黄色い粉が出て宙に舞った。

その粉が僕の目に入ると同時に視界が白くなる。

「くっ……」

僕は目をこすりながら、四郎から距離を取る。

「きひっ。この鱗粉《りんぷん》でお前の目は見えなくなったな」

一瞬はね。

僕は魔力キノコと『銀香草《ぎんこうそう》』を使って、状態異常を治す呪文を使った。

目の前に僕を殴ろうとしている四郎の姿が見える。

僕は四郎のパンチをかわして、新たに考えた魔法『リビングウォーター』を使用する。

数百リットルの水が具現化し、意思を持っているかのように四郎の体を包み込む。

「ぐ……何だこれは？」

四郎は両手で胸元の水を引き剥《は》がそうとするが、水は指と指の間からすり抜ける。

「くそっ！　水ぐらいで」

四郎は水に包まれたまま、僕に近づく。しかし、その動きは明らかに鈍《にぶ》くなっていた。

水の中で動き回るようなものだからな。こっちは身体強化の呪文でスピードもアップしてるし、白兵戦なら僕のほうが圧倒的に有利になった。

それに――。

四郎の体に張りついていた漆黒蟲が溺死《できし》し、ぼろぼろと剥がれ落ちていく。

「あ……」

四郎は呆然《ぼうぜん》とした顔で足元に落ちた漆黒蟲を見つめる。

僕は呪文を解いて、魔銃零式の銃口を四郎に向けた。

「これで君を守る鎧はなくなった。まだ続ける？」

「……ぐっ！」

四郎は唇を強く噛んだ。

「お前……いくつ呪文を使えるんだよ？」

「そんなことより、二度と僕と由那に関わらないって誓ってもらえるかな」

「はぁ？　何でそんなこと」

「誓わないのなら、さっきの弾丸を君に撃ち込むことになるよ」

僕の声が低くなった。

「君の体には再生能力はないんだろ？」

「お前っ、本気でさっきの弾を使うつもりなのか？」

「うん。僕たちは殺し合いをしてるみたいだからね」

「……う……ぐっ」

四郎のこぶしがぶるぶると震え出した。

「で、どうするの？」

「……ぼ……僕は……」

「……ほう。創造魔法か」

突然、四郎の腹部からしわがれた老人のような声が聞こえた。

「お前……アコロンの弟子だな」

「……誰？」

僕の問いかけに四郎の腹部がぼこりと膨らんだ。上着が裂け、へその部分に鶏《にわとり》の卵ぐらいの大きさの青白い顔が見えた。その顔は目が赤く、鼻と耳がなかった。

小さな顔は尖った歯が並ぶ口を動かした。

「我は蟲《むし》の王《おう》バルズ。アコロンと戦った者だ」

「アコロンと戦った？」

「そうだ。アコロンは四人の仲間とともに我の城に攻め込んできた。そして我は敗れた」

バルズの小さな唇が歪んだ。

「アコロンも魔王ゾルデスに敗れ、復讐《ふくしゅう》の機会はなくなったと思っていたが、その弟子と戦えるのなら、まさに僥倖《ぎょうこう》」

「僕はアコロンの弟子じゃないよ」

「だが、創造魔法を継承している。それで十分だ」

バルズの唇の両端が吊り上がった。

「お前を殺して、脳を喰わせてもらう。そうすれば、我も創造魔法の理《ことわり》を知ることができるだろう」

「ひひっ！　いいじゃないか」

四郎が気味の悪い笑い声をあげた。

「喋《しゃべ》るだけしかできないと思ってたけど、お前も戦えるんだな」

「お前が多くの肉を喰ってくれたからな」

バルズの赤い目が頭上にある四郎の顔に向けられた。

「もう、お前の役目は終わった」

「……んっ？　終わった？」

「そうだ。感謝するぞ。四郎」

バルズがそう言うと、四郎の腹部がさらに大きくなった。

「なっ……何だ？」

四郎はバランスを崩して、尻もちをついた。

その間にも腹部はどんどん大きくなっていく。

「あ……ああ……」

上着が破け、腹部は四郎の体を押し潰すように膨らんでいく。

「た、助け……があっ！」

風船が割れるような音がして、四郎の体が爆発した。周囲に赤い血と肉片が飛び散る。

そして、バルズが姿を現した。

バルズは背丈が三メートル近くあり、上半身は人の形、下半身はカマキリのような形をしていた。

六本の脚は濃い茶色で、びっしりと薄い毛が生えている。

バルズの異様な姿にクラスメイトたちから悲鳴が漏《も》れた。

僕は魔銃零式を構えたまま、ゆっくりと後ずさりする。

「逃げる場所などないぞ」

バルズが巨体を揺らして僕に歩み寄る。

「森には我が配下である蟲たちがいる。数百万匹の蟲たちがな」

「……でも、君を殺せば問題ないだろ？」

「殺せれば、な」

バルズはにやりと笑った。

「お前の力は見切っている。詠唱なしの魔法と金属を飛ばす武器は見事なものだ。だが、それでは我が体にダメージを与えることは不可能だ」

「不可能……か」

「所詮《しょせん》、お前はアコロンのまがい物だからな。奴とは違う」

バルズは鎌《かま》のような前脚を上下に動かす。

「くくくっ！　久しぶりの戦いだ。すぐには死ぬなよ」

バルズは右の前脚を斜めに振り下ろした。

僕は頭を下げて、その攻撃をかわす。

巨体のわりに速いし、前脚の攻撃範囲は広い。注意しておかないと、あの鎌で一気に殺されてしまうぞ。

バルズと距離を取りながら、魔銃零式の引き金を引く。

同時にバルズの前に半透明の壁が現れた。その壁がエクスプローダー弾を弾いた。

魔法も無詠唱で使えるのか。王を名乗るだけはあるな。

僕は『黄金蜘蛛《こがねぐも》の糸《いと》』『重魔鉱《じゅうまこう》の粉』『闇蟲《やみむし》の乾燥卵《かんそうらん》』、魔力キノコを組み合わせて、『マジックネット』の魔法を発動させる。

無数の白い糸がバルズに降りかかった。

「この程度の糸で我を縛れるものかっ！」

バルズは糸に絡まりながらも、僕に向かって突っ込んでくる。僕は真横に跳んでバルズの突進を避けた。

あまりスピードは落ちないか。

僕はバルズの背後に回りながら、エクスプローダー弾を撃った。弾丸がバルズの後脚に当たり、爆発する。

「それがどうしたっ！」

バルズの下半身から十本以上の黒い触手が飛び出してきた。触手は先端が尖っていて、一本一本が個別の意思を持っているかのように僕に襲い掛かってくる。

巨大なハリガネムシみたいだな。

僕は上半身を捻《ひね》って、触手の攻撃を避ける。

その時――。

離れていた由那が動いた。一気にバルズに駆け寄り、巨大化した斧を振り上げる。

「ちっ！　加勢か」

バルズは十本の触手で由那を攻撃した。由那は高くジャンプして、空中で体を捻りながら斧を振る。三本の触手が千切れ、黄色い体液が飛び散った。

よし！　バルズの注意は由那に向いている。

僕は魔銃零式に『毒弾《どくだん》』を装填して、連続で引き金を引く。二発の毒弾がバルズの下半身に当たった。

これでバルズの体に毒が回るはずだ。

「……んっ、毒の武器か」

バルズは小刻みに下半身を震わせる。

すると、弾痕《だんこん》から黒い液体が噴き出してきた。

毒弾の毒を体から出したのか？

黒い触手で由那を牽制《けんせい》しながら、バルズはにやりと笑った。

「我に毒は効かぬ。残念だったな」

「それなら、別の手を使うだけだよ」

僕は『氷結嵐』の魔法を使用する。

周囲の空気が一瞬で冷え、バルズの下半身の一部と後脚が凍りついた。

「今度は水属性の魔法か。さすがだな」

バルズが素早く呪文を唱える。

バルズの下半身の氷が一瞬で溶けた。

「くくくっ！　我は六属性全ての魔法に対応できるのだ。アコロンのまがい物のお前では我には勝てぬ」

勝ち誇った顔で笑いながら、バルズは僕に近づいてくる。

「さて、そろそろ死んでもらうぞ」

由那が僕を守るように前に立った。

「優樹くんは私が守る！」

そう言って、由那は巨大な斧を構える。

「……ほう。勇敢《ゆうかん》な女だな。だが……」

七本の触手が同時に由那を攻撃した。

その触手を斧で弾きながら、由那は攻撃のチャンスを狙う。

その時、バルズの下半身から、新たな触手が飛び出してきた。その攻撃に由那の対応が遅れた。

触手の先端が由那の肩に突き刺さる。

「いっ……くっ……」

由那は苦痛に顔を歪めながら斧を投げる。くるくると回転した斧がバルズの下半身にわずかな傷をつけた。

「由那っ！　下がって！」

僕は由那に回復魔法をかけながら、エクスプローダー弾を連続で撃つ。

半透明の壁が現れ、エクスプローダー弾を弾いた。

「その攻撃は無駄だと、まだわからんのか」

バルズの口が裂けるように広がった。

「お前の創造魔法も武器も我には通じぬ。理解できたか？」

「断言するのは、まだ早いと思うよ」

僕は魔銃零式の銃口をバルズに向ける。

「んんっ？　まだ、手があるというのか？」

「うん。本当は使いたくなかったけど」

「使いたくなかった？」

「レア素材をいくつも使うからね。なるべく温存したかったんだ」

「……ほう。それは面白い」

バルズの目がすっと細くなった。

「どうして、それを使う気になった？」

「君はそれなりに強い魔族だからね。効果を試してみるのもいいかなと思ってさ。それと……」

「それと何だ？」

「君が由那を傷つけたからだよ」

喋り終えると同時に僕はバルズに突っ込んだ。

「舐めるなっ！」

バルズは鎌のような前脚を斜めに振り下ろした。その攻撃を頭を下げてかわしながら、僕は魔銃零式の引き金に指をかける。

狙う場所は……ここだっ！

僕は由那の斧が当たったバルズの下半身に銃口を向ける。

銃声が響き、装填していた『滅呪弾』が発射された。

滅呪弾が当たると同時に、バルズの下半身に黄金色の魔法文字がびっしりと刻み込まれた。その文字がバルズの細胞を壊していく。

「なっ、何だ、これは？」

バルズは焦った様子で唇を動かす。

どうやら、滅呪弾の効果を消す魔法を唱えているようだ。

しかし、黄金色の魔法文字が消えることはなかった。バルズの下半身が白く変化していく。

「あ……ぐっ……くそっ！」

バルズの上半身が下半身と分離した。

上半身だけになったバルズは地面に横倒しになる。その上半身に向けて、僕はもう一発、滅呪弾を撃った。

バルズの上半身に黄金色の魔法陣が刻まれる。

「くっ……ばっ、バカな。こんなことが……あるわけが……」

自分が死ぬことを理解したのか、バルズの顔が恐怖で歪んだ。

「こっ……こんなはずでは……」

目と口を大きく開いたまま、バルズの体が粉々に砕けた。

「……はぁ」

白い粉と化したバルズを見て、僕は息を吐き出した。

貴重な滅呪弾を二発も使っちゃったな。でも、早めに倒しておかないと、森の中にいる多くの蟲が集まってくる可能性もあった。しょうがないか。

僕は血だらけで倒れている四郎に近づいた。

四郎は目を開いたまま、死んでいた。

「……君にはもっといい生き方があったはずなのに」

僕は唇を強く結ぶ。

「優樹くん……」

由那が僕に歩み寄った。

「滅呪弾を使ったんだね」

「……うん。なかなか強い相手だったから」

「大丈夫なの？　七魔将やゾルデスに使う予定だったよね？」

「まだ、五発残ってるよ。それに切り札は他にも用意してるから」

そう言って、僕は由那の肩を見る。

「ケガは大丈夫？」

「うん。優樹くんの回復魔法は完璧だから」

由那は白い歯を見せて笑った。


「さすがだな」

宗一が僕に声をかけた。

「四郎だけではなく、あんな化け物を倒すとは。やはり、君が僕たちの救世主だ」

「救世主？」

「ああ。君は僕のケガを一瞬で治してくれたからな。そんな魔法まで使えるとは、まさに万能じゃないか」

宗一は白い歯を見せて笑った。

「君が四郎に勝ってくれてよかったよ。応援してたかいがあった」

「応援って、委員長は僕を応援してたの？」

「もちろんさ。心の中でずっと祈っていたよ。君の勝利を」

「みんなは違ったけどね」

僕は元クラスメイトたちを見回す。

「四郎に忠誠を誓ってたし」

「ち、違うから」

亜紀はバタバタと胸元で両手を振った。

「私は強い者が正義って言っただけで」

「ぼ、僕も四郎を応援してないから」

拓也が青ざめた顔で言った。

「それに王様になってくれるのなら、四郎より優樹くんのほうが断然いいよ。優樹くんは僕を殴ったりしないし」

「私も優樹くんが王様でいいから」

奈留美が引きつった顔で笑った。

「僕が王様でいい……か」

僕の口からため息が漏れた。

みんな、調子がいいな。委員長も僕が四郎とバルズに勝った後に話しかけてきた。どっちが勝つかを見極めてから動いたんだな。

「優樹、やはり、僕たちには君が必要だ」

宗一が真剣な顔で僕を見つめる。

「万能の君がいれば、学校の防衛と食糧の問題が解決するんだ。どうか、僕たちの王様になってほしい」

「王様になる気はないよ」

きっぱりと僕は答えた。

「君たちとはビジネスライクにつき合うほうがいいし、僕にはやることがあるから」

「んっ？　やることって何だ？」

「魔王を倒すことかな」

「魔王を倒す？」

宗一がぽかんと口を開けた。

「君はそんなことをやろうとしてるのか？」

「命の恩人の頼みだからね」

僕は宗一に背を向けて、由那の肩に触れた。

「さあ、帰ろうか。もう、ここに用はないし」

「うん」と言って、由那が僕に体を寄せる。

「みんな、変わらないね。優樹くんを利用することしか考えてない」

「……そうだね」

僕は校門に向かって歩きながら頭をかく。

僕が仲間になれば、委員長たちは安全かつ楽に生きることができる。王様という役職につかせておいて、何でもやらせようって魂胆《こんたん》だろう。

追放される前の僕なら、それでも喜んでみんなの役に立っただろうな。

「おいっ、優樹！」

「優樹くん、待って！」

「せめてビッグマグドを頼む。ポテトとコーラはなしでもいいからっ！」

みんなの声が背後から聞こえたが、僕と由那は彼らを無視して家に戻った。

第二章　カラロ城の戦い

次の日の朝、僕と由那は転移の魔法でヨタトの町にある『白薔薇の団《しろばらのだん》』の屋敷に向かった。

白い薔薇が植えられた屋敷の庭にはパーティーの仲間のクロがいた。

クロは猫の獣人だ。背丈は百三十センチぐらいで、瞳《ひとみ》は金色、全身が黒い毛に覆われている。

見た目はゆるキャラのようだが、『神速《しんそく》の暗黒戦士《あんこくせんし》』の二つ名を持つSランクの冒険者ですごく強い。

「ちゃんと体を休めたか？」

クロは僕の体を観察するような目で見た。

「まあね。昨日は柔らかいベッドでぐっすり眠ったよ」

僕は肩を軽く回す。

「クロも問題なさそうだね」

「ふん。甘い物さえあれば疲れなど、すぐに吹き飛ぶ」

「ははっ。じゃあ、後でシュークリームを渡すよ」

僕はクロの肩を軽く叩いた。

「優樹にゃあああ！」

突然、狼の耳を頭部に生やした少女が僕に抱きついてきた。

年は十四歳ぐらいで、ロングの髪は銀色、瞳は紫色だった。濃い緑色の服を着ていて、ベルトにSランク冒険者の証である金色のプレートがはめ込まれている。

少女――ミルルはふさふさとした銀色のしっぽを振った。

「とりあえず、杉阪牛のステーキをよこすにゃ」

「えっ？　朝食は白薔薇の団の人たちといっしょに食べたんじゃないの？」

「杉阪牛のステーキは別腹なのにゃ」

ミルルは口元に垂れたよだれをぬぐう。

「ミルルが本気になれば、一日十枚は食べられるにゃ」

「肉ばっかり食べてると、健康によくないよ」

「なら、シュークリームも食べるにゃ。あれも美味しいからにゃ」

「いや、シュークリームも健康にいいとは言えないからな。砂糖をたっぷり使ってるし」

僕は頭をかく。

ミルルもクロも好きなものばかり食べたがるからな。今度、野菜メインの料理を食べさせるか。

野菜炒めとかキムチ鍋とか。

木製の扉が開き、白薔薇の団のリーダーで特級錬金術師のリルミルが姿を見せた。

リルミルは見た目が十歳ぐらいの女の子で、ハーフエルフだ。ツインテールの髪は栗色で耳が少しだけ尖っている。

「揃《そろ》ってるみたいね」

「うん。そっちの準備は？」

「戦闘力の高い団員を百人選んだわ。プリムとフロエラも参加するから」

「フロエラも？」

「ターゲットが魔王ゾルデスだからね。白薔薇の団も出し惜しみなしよ」

「そっか。Sランクの二人が参加してくれるのなら、心強いよ」

僕はぎゅっとこぶしを握る。

プリムの弓の腕前は超一流だし、フロエラは魔法戦士だ。あの二人が団員をまとめてくれるのなら、部隊の強さも上がる。

「まっ、私たちが戦闘に参加するのは、幻惑の軍師シャムサスがカラロ城を落とした後になる予定だから」

「そうだね。まずはカラロ城に無事に到着することが目標か」

僕はカラロ城がある西に視線を向けた。

僕、由那、クロ、ミルル、そして白薔薇の団の精鋭たちは馬車でヨタトの町を出発して、西の街道を進んだ。道は平坦で馬車の小窓からは草の香りがする風が舞い込んでくる。

この辺りは道も整備されてるし、モンスターが襲ってくる可能性は低そうだな。こっちは百人以上いるし。

「さてと、俺は寝る」

そう言うと、クロはまぶたを閉じて横になった。すぐに寝息が聞こえてくる。

クロって、安全な場所ではすぐに寝ることができるんだよな。こういうところも尊敬できる。休める時にしっかりと休まないと、長く戦うことはできないから。

馬車の中には由那とミルルもいて、二人は食べ物の話をしている。

楽しそうに元の世界の料理の話をしている由那を見ると、自分の頬も緩んでくる。

戦場に着いたら、ゆったりすることはできないんだし、馬車の中では僕も体を休めておくか。

僕は背もたれに体を預け、大きくあくびをした。

◇　◇　◇

九日後、僕たちはカラロ城の手前に陣を敷《し》く軍師シャムサスの軍隊と合流した。

その場所は高台にあり、多くのテントが並んでいる。周囲にはたくさんの兵士たちがいて、夕食の準備をしていた。

僕たちの到着に気づいたのか、獣人ミックスの女騎士が近づいてきた。年齢は二十代前半ぐらいで、頭部に猫のような耳を生やしている。髪は赤毛のショートで装備している鎧も赤かった。

「水沢優樹殿ですね」

赤毛の女騎士は僕に向かって、深々と頭を下げた。

「私はミリア百人長です。優樹殿とリルミル様をシャムサス様のところにご案内します」

「僕とリルミルを？」

「はい。話したいことがあるそうです」

「……わかりました。みんなは待ってて」

僕とリルミルはミリア百人長といっしょに一番大きなテントに向かった。

テントの中には木製のテーブルがあり、その奥にシャムサスが座っていた。

シャムサスはエルフで金色の髪を長く伸ばしていた。瞳は緑色で、整った顔立ちをしている。

「やぁ、待っていましたよ」

ダークブルーのローブを揺らして、シャムサスは僕に歩み寄った。

「旅は順調だったようですね」

「はい。モンスターの襲撃もなかったし、快適な旅でした」

「それはよかった。君たちのテントも準備してるから、まずはゆっくりと休んでください」

「助かります。それで戦況はどうなっているんでしょうか？」

「七日連続で攻めてるけど、隙がないですね。七魔将のザナボアは守る戦いが得意なようです」

シャムサスは困った顔で頭をかいた。

「しかも、モンスターの数も予想より多いし、配下の魔族も多い」

「それでも、なんとかできるんでしょ？」

僕の隣にいたリルミルが言った。

「なんせ、あなたは幻惑の軍師なんだから」

「うーん。まあ、いろいろと策を考えているんですけどね。不確定要素もあって」

「不確定要素？」

「ええ。カラロ城には二人の異界人がいるんです。優樹さんの学友の」

「えっ？　霧人《きりと》たちですか？」

僕は驚きの声をあげた。

「うん。神代《かみしろ》霧人と姫川《ひめかわ》エリナですね。二人とも新たな七魔将になったようです」

「七魔将になった？」

「君がシャグールとカリーネを倒しましたからね。その代わりでしょう」

シャムサスは、テーブルの上に置いてあるカラロ城周辺の地図を見た。その上には色違いの石がいくつも置いてある。

「ただ、彼らは戦闘には参加していないんです」

「戦闘に参加してない？」

「そうです。カラロ城から出てくる魔族やモンスターは、七魔将ザナボアの配下ばかりなのです」

「……何かの作戦ですか？」

「その可能性もあるし、ザナボアと上手くいってないのかもしれない。彼らは異界人で人族でもありますからね」

シャムサスは二つの赤色の石を指さす。

どうやら、その石が霧人とエリナのいる位置を示しているようだ。

「とはいえ、カラロ城が落ちる状況になったら、当然動いてくるでしょう。特に姫川エリナの能力は軍隊同士の戦いでは危険過ぎる」

「どんな能力なんですか？」

「死霊使い……ネクロマンサーですよ」

シャムサスが答えた。

「姫川エリナは死体を利用して、スケルトンを生み出せるようです。つまり、死体が多く出る戦場なら、軍隊を作れる能力があると言い換えてもいい」

「それはまずいですね」

僕は唇を噛んだ。

ギルドールの軍隊と戦った時、兵士の死体が溶けてスケルトンが現れた。あれはエリナの能力だったのか。

たしかに危険な能力だな。味方が死ねば死ぬほど、敵の戦力が増える……か。

「そこでお願いがあります」

シャムサスは緑色の瞳で僕を見つめる。

「何でしょうか？」

「皆さんには遊軍として、本陣の隣に待機しておいてもらいたいんです」

「遊軍……ですか？」

「はい。不測の事態が起こった時のために、準備しておいてもらえると助かります」

「そういうことなら、もちろん……」

「不要だ！」

突然、背後から野太い声が聞こえてきた。

振り返ると、そこには金色の鎧を身につけた大柄の獣人が立っていた。

獣人はライオンのような顔をしていて、全身の毛は黄土色だった。背中にはマジックアイテムらしき大剣を背負っている。

大きいな。背丈は二メートル五十近くありそうだ。肩幅も広いし、手足も太い。装備してる鎧には防御力強化の魔法文字が刻まれてるな。

「シャムサス殿！」

獣人は白い牙が生えた口を開いた。

「カラロ城攻略は我らだけでやるのではなかったのか？」

「そのつもりでしたが、せっかく優樹さんが予定より早く到着しましたからね。それなら、遊軍として準備してもらったほうがいいでしょう。不確定な要素もあるのですから」

「ふん！　七魔将になった異界人どものことか」

獣人は牙を鳴らした。

リルミルが僕の耳元に唇を寄せた。

「レオニール将軍よ。『百人殺《ひゃくにんごろ》しのレオニール』って呼ばれてるわ」

獣人――レオニール将軍は巨体を揺らして、シャムサスに歩み寄る。

「人族を裏切った異界人など、我が精鋭部隊が細切れにしてくれるわ」

「もちろん、レオニール将軍の実力はわかっています」

シャムサスは困った顔をして、レオニール将軍を見上げる。

「ただ、今回は負けが許されない戦いです。カラロ城を落とすためには多くの情報を手に入れ、損害を少なくして勝たねばなりません」

「だから、貴殿の策に従って我は後方にいるのだ！」

レオニール将軍のこぶしが側にあるテーブルを叩いた。

「いつになったら、我はモンスターどもと戦うことができるのだ？」

「そうですねぇ」

シャムサスはちらりと視線を僕に向ける。

「まぁ、七日間戦って、七魔将ザナボアの考えも読みやすくなりました。そろそろ動いていいでしょう」

「おおっ！」

レオニール将軍の金色の瞳が輝いた。

「その言葉を待ちわびていたぞ！　やっとカラロ城に巣くうモンスターどもを我の手で殺すことができる」

「ただ、気をつけてください。あなたが倒されれば、兵の士気は大きく下がります。敵も将軍であるあなたを狙ってくる可能性があります」

「無用な心配だ。我が倒れることなどありえん！」

そう言って、レオニール将軍は顔を僕に向けた。

「優樹殿！　貴殿の活躍は知っている。だが、カラロ城攻略は我らの仕事。手出しは無用だぞ」

「……は、はい」

僕の頬がぴくぴくと動く。

ライオンの顔は迫力あるな。体格も圧倒的に僕より大きいし。ライオンの檻《おり》に入れられた小動物の気持ちがわかるかも。

レオニール将軍が出ていくと、シャムサスは肩をすくめた。

「すみません。レオニール将軍は君にライバル意識を持っているようです」

「ライバル意識ですか？」

「ええ。君は七魔将のシャグールとカリーネを倒したことで、アクア国で一番強い冒険者と噂されていますから」

「えっ？　そうなんですか？」

「はい。星王杯《せいおうはい》で『銀狼《ぎんろう》の団』の優勝に貢献したこともありますし、君の人気はどんどん高くなっていますよ」

シャムサスは目を細めて微笑した。

「レオニール将軍は強さへのこだわりがありますから。強者は敵味方関係なく、気になるようです」

「あぁ、たしかに強そうな将軍ですね。オーガとも素手で戦えそうな体格をしてるし」

「ははっ。レオニール将軍はレセナ国の百人の部隊を一人で倒したことがありますからね」

「だから、百人殺し、ですか」

僕はレオニール将軍が大剣を背負っていたことを思い出す。

剣で百人の兵士を倒したのなら、白兵戦の腕前は超一流だな。それに将軍なんだから、軍の指揮も執《と》れるんだろう。

「で、結局、私たちはどうすればいいの？」

リルミルがシャムサスに質問した。

「私たちが戦いに参加したら、レオニール将軍から文句が来るみたいだけど」

「その時は、私がなんとかしますから、安心しててください」

シャムサスが言った。

「まあ、攻めるのは明日の朝ですから、まずは旅の疲れを癒《い》やしてください」

「どうせなら、カラロ城に入城するまで、何もせずにゆったりしたいわね」

そう言って、リルミルは肩をすくめた。

◇　◇　◇

その日の夜、僕と由那は陣地の中を歩いていた。

僕たちとすれ違う度に、多くの兵士たちが驚いた顔をして、口をぱくぱくと動かす。

彼らの声が僕の耳に届いた。

「おいっ！　今の水沢優樹だよな？」

「あ、ああ。星王杯で見たからな。間違いない」

「あいつが七魔将を二人も殺したのか？　強そうには見えないが」

「見た目で判断するな。水沢優樹は創造魔法の使い手だぞ」

「そんなことより、隣の女は誰だ？」

「Sランクの高崎《たかさき》由那だ。あいつもとんでもない力を持ってるぞ」

「……美しいな。声をかけてみるか」

「バカっ！　水沢優樹の女に手を出してどうする？　殺されるぞ」

いや、由那に声をかけたぐらいで殺したりしないよ。

僕は心の中で兵士に突っ込みを入れた。

でも、嫉妬《しっと》はするかもしれないな。

並んで歩いている由那に視線を向ける。

やっぱり、由那は可愛い。それは僕だけが思ってるわけじゃなさそうだ。

「ん？　どうかしたの？」

由那が僕の視線に気づいて立ち止まった。

「あ、いや。由那は魅力的なんだなって思って」

「え？　ええっ？」

由那はかけていたメガネのふちに触れた。

「メガネ、ずれてたかな？」

「いや。サキュバスの血のせいじゃなくて、君の本来の魅力だよ」

僕は周囲にいる兵士たちを見回す。

「僕を見てる兵士が多いけど、一割ぐらいは君を見てるよ。さっきも誰かが『声をかけてみるか』って言ってたし」

「……そう……なんだ」

困った顔をして、由那は僕に体を寄せる。

「こういうのって、恥ずかしいな」

「嬉しいわけじゃないの？」

「うーん。好意を持たれることは嬉しいけど、告白されるのは……困るかな。断る時に悪いから」

「断る時にか」

僕は由那から視線をそらして、頭をかく。

元の世界にいた時から、由那に告白してた男子はいっぱいいたのかもしれないな。いや、絶対にいたはずだ。顔やスタイルは、そこらへんのアイドルより由那のほうが上だし、性格だって、すごくいい。彼女に好意を持たない男のほうが少ないだろう。

「ねぇ、優樹くん」

由那の声が少し小さくなった。

「優樹くんは、私が他の人に告白されるのはイヤ？」

「……イヤかな」

僕は素直に自分の気持ちを伝えた。

「こっちの世界に転移してから、僕は自分の気持ちに気づいたんだ。君のことを誰にも渡したくないぐらい好きだって」

自分の声が掠れていることに気づく。

「君が他の男とつき合ったら、ショックで一週間は寝込むと思うよ。いや、一ヶ月は立ち直れないかもしれないな」

「……そんなこと考えなくてもいいのに」

「考えなくてもいい？」

「うん。だって、私、優樹くん以外の人とつき合う気なんてないから」

きっぱりと由那は言った。

「私ね。サキュバスの血が混じったせいで、変な気持ちになることが多いんだ」

「変な気持ちって……」

「うん。えっちな気持ち」

メガネの奥の由那の瞳が揺らいだ。

「それで……そういう時、頭の中に思い浮かべるのは、いつも優樹くんなんだ」

「ぼっ、僕？」

僕は自分を指さす。

「うん。だから、私にとって優樹くんは特別なの」

「特別か……」

それは嬉しい情報かな。由那が僕のことを思い浮かべてくれるなんて。

んっ？　えっちな気持ちの時って……。

一瞬、僕は想像してしまった。パジャマ姿で自分の胸を触っている由那の姿を……。

心臓の鼓動が速くなり、顔が熱くなる。

「ねぇ、優樹くん」

由那が僕に顔を近づける。

「今、えっちなこと考えてる？」

「どっ、どうしてそう思うの？」

「なんとなく、わかるようになってきたから。優樹くんがえっちなこと考えてる時が」

「……うん。つい、由那のこと想像しちゃって」

一瞬、由那が沈黙した。

「……それって、私が一人で……してるところを想像したの？」

「ごめん。こういうのって、イヤだよね」

「ううん。イヤじゃないよ」

由那は首を左右に振った。

「私、嬉しいよ。優樹くんがそういうこと考えてくれて」

「嬉しいんだ？」

「うん」と由那は答える。

「もし、優樹くんが、そういうの見たいのなら、私……見せてもいいよ」

「え？　見せてって……」

自分のノドが大きく動いたのがわかった。

僕の視線が由那のふくよかな胸に移動する。その胸が由那が呼吸をする度に微かに上下している。

「見たくないの？」

「それは……」

「ちゃんと答えて」

「……見たいかも」

正直な気持ちが声になった。

「……そう」

数秒間、由那は沈黙した。

そして――。

「じゃあ、今度、家に帰ったら、見せてあげるね」

「……うん」

由那の視線に耐えられなくなって、僕は顔をそらした。

僕ってダメだな。今すぐ転移の呪文で家に帰りたくなってしまった。

僕は夜空に瞬く星を眺めながら、深呼吸を繰り返した。

◇　◇　◇

次の日の朝、軍師シャムサスは数万の兵士を動かして、カラロ城の周囲を守っているモンスターたちに攻撃を仕掛けた。

モンスターの数は一万以上。ゴブリンが多かったが、スケルトン、リザードマン、オーク、マンティス、オーガもいた。

そのモンスターたちを角を生やした魔族が指揮している。

兵士たちの攻撃を横陣《おうじん》で受け止めるモンスターの軍隊を見て、僕は唇を強く結ぶ。

モンスターの動きがいいな。しっかりと魔族の命令に従ってる。

モンスターの横陣の奥にあるカラロ城から、新たなリザードマンの部隊が姿を見せた。その部隊は横陣の背後から左に移動する。

あの部隊は……側面から攻めるつもりかな。

でも、こっちの動きは変わらないか。

僕は五十メートル先の高台にいるシャムサスに視線を向ける。

あの位置なら、リザードマンの部隊が動いているのもわかってるはずなのに。何の対処もするつもりはないのか。

「よくないな」

隣にいたクロがぼそりと言った。

「モンスターどもの守りが予想以上に堅い。それにカラロ城の中には、まだ多くのモンスターがいるようだ」

「うん。後から出てきたリザードマンの部隊は側面からこっちを攻めるみたいだし、早く対応しないとまずいんじゃないかな」

「大丈夫ですよ」

僕たちといっしょに行動している赤毛の女騎士――ミリア百人長が口を開いた。

「シャムサス様はモンスターの策にかかるような間抜けじゃありません」

「信頼してるんですね」

「もちろんです。シャムサス様が指揮した戦いは無敗ですから」

ミリアは自慢げに胸を張った。

「だが、攻めきれてないのも事実だぞ」

クロが言った。

「七日連続で攻めて、カラロ城を落としてないのだからな」

「それは作戦ですよ」

「作戦だと？」

「はい。敵の情報を多く手に入れ、こちらの被害を最小限にして勝つそうです」

「最小限か。それができるのなら、味方の兵士たちも大喜びだな」

クロが頭部の耳を爪でかく。

「にゃあああ！」

ミルルが僕の袖を掴んだ。

「優樹っ！　ヤバいにゃ！　こっちの陣形が崩れてきたにゃ」

「……みたいだね」

僕は視線を左に向ける。

リザードマンの部隊が側面から突っ込み、兵士たちの陣が崩れていた。

その動きに合わせて、正面のモンスターたちが前に動き出す。

背丈が三メートルを超えるオーガたちが前面に立ち、兵士たちを薙《な》ぎ倒していく。

数分で中央の陣が崩れた。

「下がれーっ！　下がって陣を整えるぞ！」

千人長らしき兵士の声が聞こえ、兵士たちはゆっくりと下がり始める。

自分たちが有利だとわかったのか、モンスターたちの攻撃が加速した。

カラロ城から、新たな部隊が次々と姿を見せる。

そして――。

数十人の魔族の部隊がカラロ城から出てきた。

その中にひときわ大きな魔族がいた。

背丈は三メートル近くあり、遠目からだと体は球体のように丸く見える。肌の色は緑色で、全身にトゲのような突起物が生えていた。

あれは……。

「ついに七魔将のザナボアが出てきましたね」

ミリア百人長が言った。

「この七日間、カラロ城から出ることがありませんでしたが、ここが勝機と見たのでしょう」

「のんきに解説してる場合じゃないにゃ！」

ミルルがモンスターに倒されていく兵士たちを指さす。

「このままじゃ、こっちの負けが確定にゃ」

「いいえ。勝ちに近づいたんですよ」

「にゃっ？　勝ちなのかにゃ？」

ミルルが紫色の目をぱちぱちと動かす。

「はい。やっと、シャムサス様の狙い通り、ザナボアが出てきましたから」

ミリア百人長はにやりと笑った。

「ずっとこれを狙っていたんです。用心深いザナボアが出てくるような展開を」

「そのために七日もかけたの？」

僕の質問にミリア百人長はうなずく。

「はい。勝ったり負けたりを繰り返して、こちらの実力を隠し続けたんです。強過ぎず弱過ぎず、ザナボアの思考を操るために」

「思考を操る？」

「そうです。ザナボアは今の状況を確認して、確実に勝てると思って戦場に出てきました。それが私たちの罠《わな》だと気づかずに」

「罠……か」

僕は下がり続ける兵士たちを見つめる。

これが罠だったら、ザナボアは引っかかるだろうな。

こちらの軍は完全に中央の陣形が崩れていて、左右の兵士は外側に逃げている。

そのため、僕たちがいる本陣を狙いやすくなってるし、ここは攻め時だと考えるはず。

僕の考え通り、カラロ城から次々と新たなモンスターの部隊が現れた。

その部隊が左右から、兵士たちに突っ込んでいく。

兵士たちの怒声と悲鳴が僕の耳に届いた。

作戦だとしても、前線にいる兵士たちが全滅したら、戦力は半分以下になる。

これは僕も動いたほうがいいか。

その時、本陣の右端にいた千人前後の部隊が動いた。

その部隊は獣人が集まった部隊だった。先頭には金色の鎧に身を包んだレオニール将軍がいる。

レオニール将軍が大剣を前方に向けると、獣人たちが雄叫《おたけ》びをあげて走り出した。

レオニール将軍の部隊は混戦になった前線に突っ込み、オーガの部隊に襲い掛かる。

「うおおおっ！」

レオニール将軍が高くジャンプし、一振りでオーガの首を斬り落とした。

周囲にいたオーガたちも獣人たちの連携攻撃で次々と倒されていく。

同時に、左右に逃げていた人族の部隊がカラロ城に向かって移動する。

「動きが速いな。もしかして……」

「はい。シャムサス様の作戦です」

僕のつぶやきにミリア百人長が答えた。

「あの二つの部隊は精鋭揃いですから、上手く作戦を遂行できるでしょう」

「それはどうかな？」

クロが鋭い視線をカラロ城に向ける。

「あの二つの部隊では数が足りない。カラロ城は落とせないぞ」

「落とす必要はありません。少しの時間だけ、城の中にいるモンスターを止《とど》めておけばいいんです」

「あ、その間にザナボアを倒すのか」

僕のつぶやきにミリア百人長がうなずく。

「その通りです。七魔将でありカラロ城の城主でもあるザナボアを倒せば、指揮系統は混乱するでしょう。モンスターどもの戦意も低くなります」

「倒せるの？」

「戦いに絶対はありません。ですが、今のところ、シャムサス様の作戦通りになっています」

「作戦通りか」

僕は視線を戦場に戻す。

「狙うは七魔将ザナボアの首のみ！　第一兵団、全員突撃だっ！」

レオニール将軍の声に反応して、兵士たちがザナボアに突っ込んでいく。

「ザナボア様を守れ！」

角を生やした魔族たちがザナボアの周りに集まった。

呪文と矢が飛び交い、兵士とモンスターの怒声が聞こえてくる。

自分が狙われていることに気づいたザナボアは、ゆっくりとカラロ城に向かって下がり始めた。

しかし、カラロ城の門の前には兵士たちが集まっている。これでは城に戻ることは難しいだろう。

僕はこぶしを強く握り締めた。

いけるかもしれない。兵士たちの勢いのほうが勝っている。

その時、宙に青白く輝く魔法陣が現れ、そこから巨大なドラゴンが出現した。

ドラゴンの全長は三十メートルを超えていて、頭部が二つある。全身のウロコは青黒く、しっぽの先は刃物のように尖っていた。

「グゥウウウウ！」

ドラゴンのノドの部分が大きく膨らみ、二つの口から青黒い炎が吐き出された。

数十人の兵士たちが炎に包まれ、一斉に倒れた。

「ザナボアが召喚したドラゴンのようですね」

ミリア百人長の眉間にしわが寄った。

「ううーっ、これはまずいにゃ」

ミルルがうなるような声を出した。

「あのドラゴンは異形種にゃ。異形種のモンスターは強いのにゃ」

「はい。あれほどのドラゴンを召喚されるのは想定外です」

ミリア百人長は暴れ回る巨大なドラゴンを見つめる。

「ただ、それでもドラゴン対策はしてあります」

ドラゴンの巨体に無数の金色の糸が絡みついた。

どうやら、複数の魔道師が束縛系の呪文を使ったようだ。

「グォオオオオ！」

ドラゴンの体が輝き、金色の糸が千切れていく。

「にゃああ！　あの呪文じゃ、ドラゴンを抑えられないにゃ。危険が危ないにゃ！」

「大丈夫。一分は持つでしょう」

ミリア百人長の言葉にミルルが首をかしげる。

「一分でいいのかにゃ？」

「それだけの時間があれば、きっと……」

ミリア百人長の視線の先にレオニール将軍がいた。

レオニール将軍は数十人の兵士たちといっしょに、ザナボアを守る魔族の部隊に突っ込む。

十人の魔族が一瞬で倒されるが、魔族たちも必死に反撃をする。

火球や光の矢の呪文で兵士たちが次々と倒れていく。

それでも兵士たちはひるまなかった。四方から攻め続け、ザナボアを守る魔族が数人になる。

「これで終わりだ！　ザナボア！」

レオニール将軍の大剣の刃が金色に輝いた。

ザナボアは半透明の壁の呪文を使用して、その攻撃を止めようとする。

しかし、大剣の刃は半透明の壁ごとザナボアの体を真っ二つに斬り裂いた。同時に巨大なドラゴンの姿が消失する。

そして――。

「七魔将ザナボアっ、討ち取ったぞ！」

レオニール将軍が青紫色の血に濡れた大剣を掲《かか》げた。

「うおおおおっ！」

兵士たちの歓声が戦場に響き渡る。

「どうやら勝ちましたね」

ミリア百人長が明るい声で言った。

「戦場にいる魔族とモンスターは動揺しています。これなら……」

本陣の兵士たちが一斉に動き出した。

「今こそ、攻め時だぞ！」

千人長らしき兵士が声をあげる。

「城の外にいるモンスターどもを全て殺せ！　一体も逃すな！」

「おおおおーっ！」

兵士たちは雄叫びをあげて、モンスターたちに突っ込んでいく。

混乱しているモンスターたちはその動きに対応できなかった。集団で抵抗することなく、次々と倒されていく。

こうなると、モンスターの軍隊はもろいな。ゴブリンたちはばらばらに逃げ出し始めたし、パワーのあるオーガも単独ではどうしようもない。

「見事なものだな」

クロが感嘆の声をあげた。

「ここまで圧勝できるとは。さすが幻惑の軍師だ」

「うん。カラロ城の門の前に兵士たちがいるから、モンスターは城にも戻れない。このままじゃ」

「全滅するでしょうね」

僕の言葉の続きをミリア百人長が言った。

「そして、それがシャムサス様の目的です。城の外にいるモンスターを全滅させられれば、明日の攻城戦が楽になります」

「カラロ城を攻めるのは明日なの？」

「シャムサス様の予定ではそうです。城を攻めるより、モンスターの数を減らしたいと言っておられました。それに城の中にいる残り二人の七魔将の動きも確認したいそうです」

「霧人とエリナか……」

僕は視線をカラロ城に向ける。

正面の門はしっかりと閉じられていて、新たにモンスターの部隊が出てくる様子はない。

外は諦めたのかもしれないな。ザナボアは倒されているし、混乱しているモンスターの部隊をここからまとめるのは厳しいだろう。

とはいえ、油断はしないほうがいいな。状況によっては、僕も動くべきだろうし。

僕は唇を強く結んで戦場を見つめた。

結局、霧人たちがカラロ城から出てくることはなかった。

そのため、外にいたモンスターたちは人族の軍隊に蹂躙《じゅうりん》され、全滅した。

戦場に血の臭《にお》いが充満し、多くのモンスターの死体が積み重ねられている。その死体の山に向かって、魔道師が呪文を唱えていた。

どうやら、死体を利用されないように光属性の魔法で浄化しているようだ。

エリナのネクロマンサーの能力を警戒してるんだな。

僕はオレンジ色の夕陽に染まった戦場を見回す。

前方には三つの横陣が並んでいて、手前では兵士たちが夜営の準備を進めている。白い煙が上がり、肉を焼く匂《にお》いがしてきた。

「おい、優樹」

クロが僕の腰を叩いた。

「今日は俺たちの出番はないようだ。テントに戻ってシュークリームを補給するぞ」

「そうだね。夜襲があったら、ミリア百人長が教えてくれるだろうし」

とはいえ、霧人たちが夜襲を仕掛ける隙はなさそうだな。

僕は周囲を警戒して歩いている兵士たちを見る。

シャムサスは幻惑の軍師って言われてるけど、勝てる確率を高くする堅い戦い方をしてる気がする。それか、戦場ごとに戦い方を変えてるのかもしれないな。

「優樹っ！」

ミルルが僕の腕を引っ張った。

「早く行くにゃ。ミルルはオナペッコにゃ」

「オナペッコ？」

「お腹ぺこぺこって意味にゃ」

「あ、そういう意味か」

「さあ、急ぐにゃ！　杉阪牛のステーキが冷めてしまうにゃ」

いや。テントに戻ってから料理を出すから、冷めることはないんだけど。

心の中でミルルに突っ込みながら、僕は歩き出した。

◇　◇　◇

次の日の早朝、僕たちのテントにシャムサスとミリア百人長が入ってきた。

「あれ？　どうしたんですか？」

僕は目をこすりながら、シャムサスに歩み寄った。

「君たちに伝えておこうと思いましてね」

「伝えるって何をですか？」

「カラロ城が落ちたことをですよ」

「え……？」

僕の口から驚きの声が漏れた。

「どっ、どうやって、カラロ城を落としたんですか？」

「七魔将の二人がカラロ城を捨てて撤退したからですよ。先行した部隊の情報では、瀕死のモンスター以外、誰もいなかったそうです」

「あの二人が撤退を選んだのか……」

「そうなるように誘導しましたからね」

「誘導ですか？」

「うん」とシャムサスはうなずく。

「深夜に本陣の八割の兵士を動かして、左右からカラロ城の裏門に回る動きを見せたんです。ゆっくりとね」

「ゆっくり？」

「相手が撤退する時間を作りたかったですからね。このままカラロ城を包囲されて、籠城戦《ろうじょうせん》を選ぶより、逃げたほうがいいと判断してくれたんでしょう」

シャムサスは長い金髪を整える。

「まあ、運がよかったのです。捕虜《ほりょ》にした魔族の情報によると、城主のザナボアは神代霧人と姫川エリナを戦いに参加させないと言ってたようです。そんな事情があったから、彼らは撤退を選択しやすかったんでしょう。カラロ城が落ちても、その責任はザナボアにありますからね」

「そんな事情があったのか」

それで霧人たちは戦場に出てこなかったんだな。

「その情報を仕入れたから、深夜に動いたんですか?」

「はい。上手くいけば、楽にカラロ城を落とせると思いましてね」

シャムサスは、にっこりと笑った。

「というわけで、君たちも城に入る準備をしておいてください。一時間後に移動しますからね」

そう言って、シャムサスはテントから出ていった。

「俺たちの力は本当に必要なかったな」

クロが頭部の黒い耳をかく。

「まさか、夜中に兵士を移動させるだけで、カラロ城を落とすとは」

「うん。兵力は大きく減ったけど、霧人とエリナもいるし、籠城戦ができるぐらいは残ってたはずなのに」

「こちらの戦力を誤解したんだろうな。昼間戦った軍隊以外にも、裏門に回る戦力がいるのなら、籠城戦は危険だと考えたのかもしれん」

「本陣の兵士を使っただけなのに」

「深夜で気づきにくかったんだろう。シャムサスも気づかせないように兵士を動かしただろうし」

「……すごいね」

幻惑の軍師の本領発揮ってところか。こんな作戦で城を落とすなんて。

ただ、霧人とエリナの部隊は戦いに参加していないため、戦力は無傷で残っている。カラロ城を捨てたんだから、すぐに奪い返しにくる可能性はないだろうけど、どこかで戦うことにはなるだろうな。

口角を吊り上げて笑う二人の姿を想像して、僕は深く息を吐いた。

◇　◇　◇

カラロ城の西にある広大な砂漠に数万のモンスターの軍隊がいた。

先頭には角を生やした魔族と数十人のダークエルフがいて、その中央で霧人とエリナが会話をしていた。

「追っ手が来る様子はなさそうね」

「だろうね」

霧人が抑揚《よくよう》のない声で言った。

「撤退した僕たちを攻めるより、まずは城の中の確認と兵士の休息を優先するだろう。圧勝したとはいえ、ケガ人も多少はいるだろうし」

「まっ、普通はそうよね」

エリナは胸元についた砂を払いながら、霧人に顔を近づける。

「カラロ城が落ちたのはザナボアのせいだし、私たちが責任を取らされる心配もないか」

「うん。僕たちを戦いに参加させなかったのはザナボアだから」

「とはいえ、このまま、最果ての大迷宮に戻るのも体裁《ていさい》が悪いわね」

エリナはくびれた腰に手を当てて、ため息をつく。

「せめて、ゾルデスに報告できるような戦果があればいいんだけど」

「それなら、少し手伝ってもらえるかな」

「んっ？　何かするの？」

「うん。こっちが逃げ出した今のほうが上手くいく可能性が高いから」

「だから何をするのよ？」

「人族の軍師の暗殺だよ」

霧人の漆黒の瞳が暗く輝いた。

◇　◇　◇

カラロ城に入城した日の夜、僕は白薔薇の団の団員のプリムといっしょに城内を歩いていた。

プリムはうさ耳の獣人ミックスで『神弓《しんきゅう》のプリム』の二つ名を持つSランクの冒険者だ。

年齢は二十二歳で、ピンク色の髪は腰の近くまで伸びている。

プリムは城内を見回しながら、大きく背伸びをした。

「あーあ。結局やることなしかぁ」

「よかったじゃないか」

僕はプリムの腕を手の甲で軽く叩く。

「僕たちの犠牲はゼロだし、味方が強いってわかったし」

「うーん。でも、せっかく気合入れてたのになぁ」

「その気合はゾルデス討伐の時まで溜めておいてよ」

「でも、ゾルデスがいる最果ての大迷宮に出発するのは二十日ぐらい先なんでしょ？」

「らしいね。まずはここをしっかりとした拠点にするのが最優先だから」

「じゃあ、その間、私たちは何をすればいいの？」

「警備とか城の修理とかいろいろやれると思うよ」

「えーっ、地味だなぁ」

プリムが頬を膨らませた。

「もっと派手な仕事がいいんだけど」

「なら、俺たちの相手をしてくれよ」

突然、背後から声が聞こえてきた。

振り返ると、革製の鎧を装備した兵士たちが立っていた。全員の顔が赤く、わずかに上半身が揺れている。どうやら酒を飲んでいるようだ。

先頭にいた茶髪の兵士がプリムを見て、上唇を舐める。

「あんたたち、白薔薇の団なんだろ？」

「それがどうかした？」

プリムのピンク色の眉が吊り上がる。

「いや、いい女がいっぱいいるなって思ってさ」

「ああ」と隣にいる背の高い兵士がうなずいた。

「上物が揃ってたな。特に銀髪の魔法戦士は俺の好みだったぜ」

「あーっ、フロエラね」

プリムが兵士たちを見回す。

「……まっ、あなたたちじゃ、フロエラの相手は無理ね」

「あぁ？」

背の高い兵士の頬がぴくりと動いた。

「言っておくが俺は第三兵団の百人長だぞ」

「フロエラはSランクの冒険者よ。そして、私もね」

プリムはベルトにはめ込んだ金色のプレートを指先で叩く。

「プレートの色もわからないぐらい酔《よ》ってるなら、もう寝たほうがいいんじゃない？」

「あ……」

兵士たちの口が大きく開いた。

「マジかよ。お前、Sランクだったのか？」

「そうよ。しかも二つ名持ちのね」

プリムは自慢げに胸を張った。

「おいっ、隣にいるガキもSランクだぞ」

茶髪の兵士が僕を指さす。

「あ……こいつ、水沢優樹じゃねぇのか？」

「そうだ。こいつの顔、星王杯の中継で見たぞ！」

今頃、僕に気づいたのか。これは相当酔ってるな。

「ってわけで、私たちにちょっかい出さないほうがいいわよ。全員、優樹の女なんだから」

プリムが僕の肩に手を回して、体をぴったりと寄せる。

「す、すまなかった」

背の高い兵士が額に汗を浮かべて、笑顔を作った。

「あんたの女とは思わなかったんだ。許してくれ」

「いや、プリムは僕の女じゃ……」

僕が喋ってる途中で兵士たちは逃げ出してしまった。

「ほんと、酔っ払った男ってダメよね」

プリムがピンク色の髪をかき上げながら、ため息をつく。

「って、プリム！　全員、僕の女って何？」

「事実を言っただけでしょ」

「事実じゃないよ！」

僕はぶんぶんと首を左右に振る。

「僕に恋人はいないし」

「はぁ？　由那がいるでしょ？」

プリムが不思議そうな顔をした。

「あなたが由那を好きなのは、みんな知ってるし、由那だってあなたを好きでしょ？」

「いろいろ事情があるんだよ」

僕はもごもごと口を動かした。

「とっ、とにかく、変なこと言わないでよ。白薔薇の団のみんなだって、僕の女なんて思われたらイヤだろうし」

「ふーん。そう思ってるんだ？　あなたを嫌ってる団員は一人もいない気がするけど？」

「それはただの好意だから。恋愛感情じゃなく、仲間に感じる気持ちだし」

「私、あなたの妻になりたいって言ってる子、二十人以上知ってるよ」

「にっ、二十人？」

「以上だって」

プリムが僕の胸を人差し指で突いた。

「あなたはSランクの冒険者で創造魔法の使い手よ。異世界の美味しい料理をいくらでも出せるし、魔王ゾルデスを倒せば、アクア国の英雄になる。そんな男が近くにいたら、妻になりたいって思うのは当たり前だと思うよ。それに」

「それに、何？」

「あなたは頭が良くて女にも優しいからね。夫にするには理想的なの。だから、私も……」

「私も？」

「……何でもないわよ！」

プリムは顔を赤くして僕の腕を叩いた。

その時、中庭から兵士たちの笑い声が聞こえた。

どうやら酒盛りをしているようだ。

「盛り上がってるなぁ」

「そりゃあね。圧勝といってもいい勝ち方だったから」

「でも、さっきの兵士もだけど、少し飲み過ぎな感じもするな。モンスターの襲撃があるかもしれないのに」

「それはないでしょ。逃げ出したばっかりなんだし」

「てっ、敵襲！」

突然、頭上から兵士の声が聞こえてきた。

周囲にいた兵士たちの動きが止まる。

数秒後、増幅の魔法で大きくなった兵士の声が城の中全てに届いた。

「西より、モンスターの軍が接近！　数は約三千！」

「敵襲だっ！」

酒の入ったコップを放り投げて、兵士たちが立ち上がる。

「何だよ！　奴ら逃げ出したんじゃなかったのか？」

「ああ。今さら三千の部隊で奇襲しても、この城は落ちんぞ」

「そんな話は後だ！　団長のところに行くぞ！」

兵士たちは大慌《おおあわ》てで走り出す。

「ウソでしょ？」

プリムの声が掠れた。

「今朝逃げ出したのに、もう攻めてくるの？　それなら、籠城してたほうがいいのに」

「そうだね。何か作戦があるのかもしれない」

「作戦って何？」

「それはわからないけど……」

僕は唇を強く結んで、周囲を走り回る兵士たちを見つめる。

敵の部隊を指揮しているのは、霧人かエリナの可能性が高い。

「……プリム。君は白薔薇の団の部屋に戻ってて」

「わかった。あなたはどうするの？」

「城壁の上に登ってみる。敵の部隊の動きが見えるから」

僕は階段に向かって走り出した。


城壁の上には数十人の兵士たちがいた。兵士たちは西から迫ってくるモンスターの部隊に視線を向けている。

月明かりに照らされたモンスターの部隊は左右に分かれ、ゆっくりと移動していた。

一気に奇襲するって作戦じゃなさそうだな。部隊を二つに分けた意味は何だろう？

僕は視力を十倍以上上げる『ゴッドアイ』の魔法を使用する。

僕の視界が一気に広がった。

あの二つの部隊以外に隠れている部隊は……いないか。モンスターはスケルトンとゴブリンの数が多いな。数も三千前後なら、カラロ城を攻めるのは厳しいはずだ。

となると、目的は……。

カラロ城の裏門が開き、銀の鎧を装備した兵士たちが姿を見せる。

「敵は少数だ！　一気に崩すぞ！」

「うおおおおっ！」

兵士たちが一斉に走り出し、モンスターの部隊と正面からぶつかった。

スケルトンの骨が砕け、ゴブリンの首が飛ぶ。

「攻めろ攻めろ！　我ら第二兵団の力を見せてやれ！」

隊長らしき男が叫ぶと、兵士たちは雄叫びをあげて、ロングソードを振り回す。

次々とモンスターたちが倒されていく。

「やっぱり変だ」

こんな弱い部隊で攻めても、カラロ城を取り返せるわけがない。それは霧人たちだって、わかっているはずだ。

なら、なぜ攻めてきたんだ？　別の理由があるはずだ。

視線を動かすと、開いたままの裏門が見えた。

裏門の前には兵士たちがいたが、その数は少ない。

「門を開かせるのが目的か……」

僕はこめかみに手を当てて思考する。

誰かがカラロ城に侵入した可能性がある。もし、そうなら目的は何だ？　無意味な攻撃を仕掛けてまで侵入する目的は……。

「……シャムサスの暗殺か」

そうだ。軍師のシャムサスを暗殺すれば、人族の軍隊を弱体化することができる。作戦と言えるようなものじゃないけど、こちらが一番困る手だ。シャムサスが死ねば、アクア国のレグス王はゾルデス討伐を諦めるかもしれないし。

「シャムサスに伝えないと」

僕は城壁の急な階段を駆け下り、四階にあるシャムサスの部屋に向かった。

◇　◇　◇

縦横五メートルほどの部屋の中で、シャムサスが女兵士からの報告を聞いていた。

「……戦況は圧倒的に有利です。モンスターの部隊は四割の兵力を失い、城に近づくこともできません」

「モンスターはスケルトンとゴブリンなんですね？」

「九割はそのようです」

「なるほど」

シャムサスは数秒間、沈黙した。

「……この部屋を出ます。ついてきてください」

「シャムサス様が迎撃の指揮を執るのですか？」

「いえ。モンスターの目的が予想できましたから」

「モンスターの目的？」

女兵士は首をかしげる。

「奴らの目的はこの城の奪還《だっかん》ではないのですか？」

「いいえ。彼らの目的は私の暗殺でしょう。既に城の中に暗殺者が潜入している可能性があります」

「シャ、シャムサス様の暗殺？」

女兵士の目が丸くなる。

「はい。だから、すぐにここを移動します。急いでください」

シャムサスは女兵士といっしょに部屋を出て、長い廊下《ろうか》を早足で移動する。

二階の広間に下りると、シャムサスの足が止まった。

「誰ですか？」

シャムサスの声に反応して、柱の陰からダークブルーの服を着た男が姿を見せた。

年齢は十代後半ぐらいで、身長は百七十五センチ。すらりとした体形をしていて、赤黒い刃の短剣を手にしていた。

男の整った唇が開く。

「僕は神代霧人。あなたが人族の軍師みたいだね」

「……七魔将自ら、潜入してくるとは無茶をしますね」

シャムサスはじっと霧人を見つめる。

「ここには十万近い兵士がいるんですよ」

「関係ないよ。殺すのはあなた一人だけでいいんだから」

霧人が一歩前に出る。

「ふざけるなっ！」

女兵士がロングソードを鞘《さや》から引き抜き、霧人に襲い掛かった。

「死ねっ！ 人族の裏切り者めっ！」

ロングソードが振り下ろされた瞬間、霧人が動いた。

一瞬で真横に移動し、赤黒い刃の短剣を振る。

女兵士の首筋から血が噴き出す。

「がぁ……っ……」

女兵士は両目を大きく開いたまま、血に濡れた床の上に倒れた。

「これであなたを守る者はいなくなった」

霧人の目が針のように細くなった。

「抵抗しなければ、痛みがないように殺せるけど?」

「それは有り難いですね。私は痛みに弱いので」

シャムサスは両手を胸元まで上げる。

「では、その礼として、あなたにいいことを教えてあげますよ」

「……何?」

「あなたたちの世界に帰る方法です」

その言葉に霧人の頬がぴくりと動いた。

「……僕たちの世界を知ってるの?」

「見たことはありませんが、知識としてなら」

シャムサスが答えた。

「別の世界から転移してきた異界人は、昔からいましたからね」

「その異界人が元の世界に戻った?」

「はい。特別な秘術を使って」

「その秘術を教えてくれるんだ？」

「喜んで」

シャムサスは微笑した。

「実は、このことは優樹さんにも話してないんです。理由はわかりますよね？」

「優樹がいなくなると困るからかな」

「正解です。魔王ゾルデスを倒すまでは教えるわけにはいかなかったんですよ。でも、敵であるあなたは違う。あなたがいなくなれば、敵の戦力を減らせますからね。とはいえ、秘術は完璧なものではないのですが」

「完璧じゃない？」

霧人の眉がぴくりと動いた。

「はい。私が持っている本の内容だけで、秘術を完成させるのは難しいでしょう。ただ、研究を続ければ、あるいは」

「……その本はどこにあるの？」

「それは……」

突然、扉が開き、レオニール将軍が姿を見せた。

「おや、時間稼ぎは上手くいったようですね」

シャムサスは白い歯を見せた。

「安心してください。時間稼ぎといっても、今、話していたことは本当のことですから」

「……なら、次に会った時に本を渡してもらうよ」

霧人は突っ込んできたレオニール将軍をかわして、壁際に移動した。

「逃がすかっ！」

レオニール将軍は片手で大剣を振り上げる。

「バカな男め！　たった一人で入り込んでくるとは」

「レオニール将軍！　気をつけてください。その男は七魔将の神代霧人です」

シャムサスが後ずさりしながら声をあげた。

「……ほぅ。お前が神代霧人か」

レオニール将軍はにやりと笑った。

「なんという僥倖。二日で二人の七魔将を倒せるとは……なっ！」

大剣が霧人の頭部めがけて振り下ろされる。

その攻撃を霧人は低い姿勢でかわして右に走る。

「逃がさぬと言ったはずだ！」

巨体とは思えぬ素早さで、レオニール将軍は霧人を追った。

「死ねえええっ！」

レオニール将軍は霧人の背中に大剣を振り下ろした。その攻撃がわかっていたかのように、霧人は体を反転させてレオニール将軍の懐《ふところ》に入った。そして短剣を斜め下から振り上げる。赤黒い刃が水のように変化して金色の鎧を斬った。短剣の変化した部分から赤黒い炎が噴き出し、レオニール将軍の巨体を包む。

「ぐあああっ！」

苦悶《くもん》の表情を浮かべながらも、レオニール将軍は攻撃を止めなかった。体を半回転させながら、大剣を真横に振る。分厚い刃が霧人の腕に触れた瞬間、霧人は自分から横に跳んで、衝撃を抑えた。

「まだだっ！」

レオニール将軍の大剣が金色に輝いた。

「我が必殺の技を食らえ！　『黄金天斬《おうごんてんざん》！』」

レオニール将軍は炎に包まれながらも大剣を斜めに振り下ろした。その刃が霧人の頭部に当たる寸前、空中で弾かれる。レオニール将軍の目が大きく開いた。

「ばっ、バカな。黄金天斬が弾かれるだと？」

「『絶対防御《ぜったいぼうぎょ》』の能力が発動したんだよ」

そう言って霧人は右足を大きく踏み出し、短剣を突き出す。赤黒い炎が一直線に伸びてレオニール将軍のノドを貫いた。

「があっ……ぐ……」

レオニール将軍はノドから噴き出す血を押さえながら、よろよろと後ずさりする。

「お……おのれ……異界人が……」

大剣が床に落ちて、大きな音を立てる。

「まだ、我は戦え……があっ！」

レオニール将軍の体が横倒しになった。

霧人は広間の壁際にいるシャムサスに走り寄る。

その時――。

横幅十メートル以上の半透明の壁が現れ、霧人の行く手を塞いだ。さらに左右、背後にも半透明の壁が現れ、霧人は四方と頭上を半透明の壁に囲まれる。

「シャムサスさんは殺させないよ」

少年の声が広間に響いた。

霧人の視線が声のした方向に向く。

そこには優樹が立っていた。

◇　◇　◇

「久しぶりだね。霧人」

　僕は半透明の壁に囲まれた霧人に近づいた。

「こんな形で君に会いたくはなかったよ」

「……それは僕も同じだよ」

　霧人は抑揚のない声で言った。

「この壁は君の魔法かな？」

　霧人は赤黒い短剣で半透明の壁を突く。短剣の先端がわずかに壁に刺さる。

「うん。光属性の魔法の壁だけど、僕が改良したんだ。五分近く効果が消えないから、逃げるのは無理だと思うよ」

「……そうか」

　霧人は半透明の壁越しに僕を見つめた。

「創造魔法か。すごい能力だね。まさに万能じゃないか」

「そう思うのなら、抵抗は止めてもらえるかな」

僕は右に移動して、シャムサスの前に立つ。

「君の目的はシャムサスさんの暗殺だろ？　それはもうできないから」

「……そうだね。この状況なら無理か」

霧人は肩を落として息を吐いた。

「まあいいや。これで君と話しやすくなった」

「何の話をしたいの？」

「この戦争の勝敗についてはどうかな。魔族が勝って、人族が負けるって話」

そう言って、霧人は広間に入ってきた数十人の兵士たちを見回す。

「異界人の僕たちにとって、興味深い話題だと思うけど」

「人族が負けるのは確定してるの？」

「うん。魔族側にはゾルデスがいるからね」

「……そんなにゾルデスは強いんだ？」

「あれは生物を超越した存在だから」

「生物を超越か……」

周囲の空気が重くなったような気がした。

「だから、君は魔族についたほうがいいよ。死にたくないのならね」

「それは無理だね。僕はゾルデスを倒さないといけないから」

「ゾルデスを倒す？」

「うん。それが恩人の頼みだから。それに仲良くなった人族もいっぱいいる。みんなを裏切ることはできないよ」

「恩人の頼み……か。それなら僕の頼みも聞いてくれてもいいんじゃないかな」

その言葉に僕は首をかしげた。

「どういう意味？」

「僕は君の命を救ってるってことさ」

霧人の目が僅かに細くなった。

「優樹。僕たちは学校の敷地ごと、この世界に転移した。でも、僕たちのクラス以外、他のクラスの生徒も先生も消えていた。それはどうしてだと思う？」

「わからないよ」

「彼らの体は時空の歪みに耐えることができなくて消滅したんだ」

「消滅？」

「うん。別の世界から転移するのは難しいんだ。特別な存在以外はね」

「それが君ってこと？」

僕の質問に霧人はうなずいた。

「あの時、僕は無意識に自分を守る能力を発動した。その能力が同じ教室の中にいる君たちの命も守ったんだ」

「自分を守る能力か……」

「そのことに気づいたのは、カリーネから潜在能力の解放の儀式を受けた後だけどね」

「それ本当なの？」

「僕がこんなウソをつくと思う？」

「……いや。君はそんなウソをつくタイプじゃないか」

僕は霧人を見つめた。

それに霧人の言ってることが真実なら、同じ教室にいた僕たちだけが生きてこの世界に転移した理由に納得がいく。

「……霧人。君が無意識でも僕を守ってくれたことに感謝する。でも、僕が魔族側につくことはないよ」

「絶対に？」

「うん。絶対にだ」

「……そうか」

霧人は端整な唇を結び、数秒間沈黙した。

「それならしょうがないな。次に会う時は君を殺すことにするよ」

「次に会う時って……」

「ここから逃げる手段はあるってこと」

霧人は胸元から小ビンを取り出し、それを床に叩きつけた。小ビンの中に入っていた青白い粉が霧人の足元に広がり、一瞬で魔法陣を描く。

「じゃあ、また」

霧人の姿が消えた。

僕は唇を強く噛んで、床に描かれた魔法陣を見つめる。

転移して逃げたか。一瞬で魔法陣を描く粉なんて創造魔法の本にも書かれてなかった。魔族が開発した新しい秘術ってところか。

「逃げられましたね」

シャムサスが、ふっと息を吐いた。

「しかも、レオニール将軍が殺されてしまいました」

「すみません。もっと早く霧人の考えに気づいていれば……」

「いえ。あなたが謝るようなことではありません。私もカラロ城から撤退した魔族がすぐに戻ってきて、私の命を狙うとは思っていませんでしたから。しかも七魔将が単身で乗り込んでくるとは」

シャムサスはレオニール将軍の死体に視線を向ける。

「これでゾルデス討伐の計画が遅れるかもしれません」

「そう……ですよね」

僕はまぶたを閉じて、深く息を吐いた。

レオニール将軍は強く、カリスマ性があった。彼が死んだことで兵の士気が大きく落ちるだろう。カラロ城を手に入れたことは大きな戦果だけど、これからのことを考えると気が重いな。霧人たちとも戦うことになるだろうし。

◇　◇　◇

次の日の朝、僕はシャムサスに呼び出されて、四階にある彼の私室に向かった。

部屋に入ると、シャムサスが革製の表紙の本を僕に渡してきた。

その本は分厚く、表紙の革に魔法文字が刻み込まれていた。

「これは……何ですか？」

「優樹さんがいた世界に戻る方法が書かれた本ですよ」

「え……？」

僕は口を開いたまま、シャムサスを見つめる。

「……僕がいた世界ですか？」

「はい。完全なものではありませんが」

そう言うと、シャムサスは頭を下げた。

「すみません。実はこの本を君に渡すことを悩んでいました」

「えっ？　悩む？」

「そうです。この本を君が読めば、元の世界に戻る秘術を完成させるかもしれません。そして、君がいなくなれば私たちの戦力は大きく減ることになりますから」

「……それなのに本を僕に渡すんですね？」

「ええ。君は異界転移の秘術を完成させても、ゾルデスを倒すまではこの世界にいると確信しましたから」

シャムサスは頭をかいた。

「渡すのが遅くなって申し訳ありません」

「いえ。シャムサスさんはこの軍隊の軍師だから、そう考えるのは当たり前だと思います」

「そう言っていただけると、気が楽になります。隠していたことを恨まれないか、心配でしたので」

「恨む気持ちなんて、ありませんよ。それどころか感謝の気持ちでいっぱいです」

僕は受け取った革製の本を開いた。中には三角形を組み合わせたような魔法陣が描かれている。

次のページには、異界転移に使用する素材が注釈《ちゅうしゃく》つきで書かれていた。

完全なものではないってことだけど、僕の創造魔法の知識と組み合わせれば、なんとかなるかもしれない。

「元の世界に帰れるのか……」

掠れた声が僕の口から漏れた。


カラロ城の三階にある小さな部屋で、僕は由那にシャムサスから受け取った本のことを伝えた。

「……だから、上手くいけば元の世界に戻れるかもしれない」

「元の世界に戻れる？」

由那は呆然とした顔で、僕が持っている革製の表紙の本を見つめる。

「といっても、異界転移に必要な素材はスペシャルレア素材ばかりで、王宮の宝物庫にもないものが多いから、すぐに戻ることはできないよ」

「そう……なんだ」

「んっ？　嬉しくないの？」

僕は視線を落とした由那の顔を覗き込んだ。

「あ、いや。うっ、嬉しいよ」

由那は慌てた様子で胸元まで上げた両手を左右に動かす。

「突然だったから、驚いただけで。それに」

「それに？」

「元の世界に戻るってことは、クロちゃんたちと会えなくなるってことなんだなって」

その言葉に胸の奥がちくりと痛んだ。

元の世界に戻ったら、こっちで出会った人たちと別れることになる。クロにミルル、白薔薇の団のリルミルにプリム、フロエラ。ダホン村のシャロットにティレーネ……。

僕の腕に由那が触れた。

「優樹くん。私ね、白薔薇の団の女の子たちと仲良くなったの」

「そういや、最近よく話してるね」

「うん。それで気づいたんだ」

「気づいた？」

「そう。元の世界にいる友達より、ここで仲良くなった人たちのほうを自分は大切に想ってるって」

　由那はふっと息を吐く。

「元の世界……日本って平和だったよね。魔族やモンスターもいないし、戦争中でもなかった。だから、人との繋がりが薄かった気がするんだ」

「……そうだね。友達といってもＳＮＳで会話したり、ゲームで遊んだりするぐらいの関係が普通だからなぁ」

「うん。でも、クロちゃんたちは違う。いっしょに戦った戦友だから」

「戦友か……」

　たしかにそうだな。同じパーティーになったクロやミルルは戦友だ。そして命の危険があるゾルデス討伐を手伝ってくれている白薔薇の団のみんなも。

「……由那はこっちの世界にいたいの？」

　僕の問いかけに、由那は数秒間沈黙した。

　そして――。

「その質問は答えにくいな」

「答えにくい？」

「うん。だって、私がいたいのは優樹くんのいる世界だから」

由那はきっぱりと言った。

「だから、どっちでもいいの。優樹くんがいるところに私もいたい。それが私の願いだよ」

「……そっか」

僕は由那と視線を合わせる。

僕も由那と同じ気持ちだな。どっちの世界にも大切にしたい人がいる。でも、一番大事なのは由那だ。僕は由那といっしょの世界で生きていきたい。

「……わかった。どっちを選ぶにしても、異界転移の秘術の研究はするよ。それが完成した時に、しっかり考えよう」

「……うん」

由那はメガネの奥の瞳を潤《うる》ませて、僕に体を寄せた。

◇　◇　◇

カラロ城の西にある神殿の遺跡に霧人とエリナがいた。

エリナは頬を膨らませて、眉間にしわを寄せる。

「つまり、人族の軍師の暗殺には失敗したってわけ？」

「そうなるね」

霧人は淡々とした口調で言った。

「ただ、ザナボアを倒したライオンみたいな顔の将軍は殺したよ」

「へーっ、それは悪くない成果ね」

エリナの口角がわずかに吊り上がる。

「これで少しは面目《めんぼく》も立つわね。私も陽動で部隊を動かしたし」

その時、青白い光が輝き、倒れた柱の前に少年が現れた。

少年は十代前半ぐらいの見た目で髪は銀色の巻き毛、瞳は濃い赤色だった。

肌は青白く、頭部には二本の角が生えている。

服は濃い赤色の上着にズボン、黒いブーツを履いていた。

「やぁ、霧人、エリナ」

少年は白い牙を生やした口を開いた。

「カラロ城が落ちたって本当?」

「残念だけど事実よ」

エリナは肩をすくめた。

「だけど、その責任は私たちにはないから。私たちは城主のザナボアに戦うなって言われてたから、何もできなかったし」

「ザナボアらしいね。新人で人族の君たちに手柄は立てさせたくなかったか」

「そうなの。だから、ゾルデス様への報告はちゃんとやってよね。ラムフィス」

「わかってるよ。それが七魔将筆頭の僕の仕事だから」

少年――ラムフィスは、にっこりと笑った。

「で、人族の軍隊はこれからどう動くと予想してるの？」

「すぐに進軍してくるとは思えない」

無言だった霧人が口を開いた。

「さっき、獣人の将軍を殺したし、最果ての大迷宮までは広大な砂漠を移動しないといけない。その準備に時間がかかるから」

「ふーん。なら、慌てて他の七魔将を呼ぶ必要はないか」

「もちろんよ」

エリナが言った。

「私と霧人の部隊は、ほぼ無傷で残ってるんだし」

「その言い方だと、人族の軍隊を潰す手はあるってことかな？」

「ええ。ちょっと準備が必要だけど」

「なら、こっちは君たちにまかせるよ。僕はルゼムたちといっしょにアクア国の王都を攻めることにするから」

「ルゼムたちってことは……」

「ドルセラも使うよ」

「うわっ、七魔将三人で王都を攻めるの？」

「人族はこっちに戦力を集めてるからね。チャンスなんだよ」

ラムフィスはヘビのように細い舌で唇を舐めた。

「それに王都が攻められれば、こっちの軍隊も撤退する可能性があるだろ」

「えーっ、じゃあ、私が準備する必要ないじゃん」

エリナが頬を膨らませる。

「あなたたち三人が集まったら、王都だって簡単に落とせるでしょ」

「いやいや。アクア国を甘く見たらいけないよ。あの王都は攻めにくい。王宮魔道師のセルフィナがいるからね。それに君たちの学友の水沢優樹も」

「水沢優樹はカラロ城にいるよ」

霧人が口を開いた。

「さっき、人族の軍師を殺すのを邪魔されたよ」

「へーっ、水沢優樹はこっちにいるのか……」

ラムフィスの赤い目がすっと細くなった。

「で、彼を殺す手はあるの？」

「待って待って！」

エリナが霧人とラムフィスの間に割って入った。

「優樹くんを殺すのはダメだって。味方にしないと」

「優樹にその意思はなかったよ」

霧人が淡々とした口調で答える。

「一応、勧誘はしたけど、あれは無理だね。人族と関わり過ぎてるみたいだ」

「まあ、普通に勧誘しても無理でしょうね。優樹くんは元の世界の倫理観があるから。それと魔族に対する偏見も」

「偏見って何？」

ラムフィスが質問した。

「魔族やモンスターは悪って考えかな」

「あれ？　異世界にも魔族がいるんだ？」

「いないわ。でも、創作の世界では魔族やモンスターは正義の勇者にやられる存在なの」

「ふーん。まっ、こっちも似たような考えを持つ人族は多いか。無意味な倫理観に縛られて、窮屈《きゅうくつ》な人生を送るバカな奴らが」

ラムフィスは苦笑する。

「まあいいや。で、水沢優樹を味方にできる手段はあるんだね？」

「絶対ってわけじゃないけど、上手くいけば最高の人材を手に入れることができるから」

「最高の人材ねぇ。水沢優樹が弱いとは思わないけど、そこまで強いかな？」

「優樹くんのすごさは戦闘じゃないの。彼がいれば、魔族の生活水準を格段に上げることができるから」

「あぁ、すごく美味しい料理が出せるんだっけ？」

「それ以外にも、快適な空調に清潔《せいけつ》なトイレ、この世界にはない娯楽《ごらく》も手に入るはずよ」

エリナは、ぷっくりとした唇を舐めた。

「きっと、ゾルデス様も喜んでくれるから」

「……ふーん。それなら、すぐに殺すのはもったいないか」

「そうそう。殺すのはいつだってできるでしょ？」

「わかった。でも、人族の軍隊を最果ての大迷宮に行かせるわけにはいかないよ。ゾルデス様に僕たち七魔将が役立たずと思われるのは耐えられないからね」

「ええ。そっちはまかせておいて。人族の軍師はそれなりにやるみたいだけど、常識内の戦略や戦術が無意味だってことを私が証明してあげる」

そう言って、エリナはピンク色の舌を出した。

第三章　王都の危機

カラロ城を攻略してから五日後、僕はシャムサスの私室で彼と話をしていた。

「……ですので、増援の兵士三万と冒険者五千がここに来るのは十日後になる予定です」

シャムサスは大きなテーブルの上に置かれた地図に視線を落とす。

「増援の兵士はカラロ城を守る戦力になります。そして、魔王ゾルデスがいる最果ての大迷宮には、我々と五千の冒険者で向かうことになるでしょう」

「……いつになるんですか？」

「そうですね。増援の部隊が到着してから、さらに五日後ってところでしょうか。引き継ぎの指示などもありますし、他に気になることもありますので」

「気になること？」

「はい。王都の北にある森に多くのモンスターが集まっているようです」

「……魔族は王都を攻めるつもりなんですか？」

僕の質問にシャムサスはうなずいた。

「間違いないでしょう。七魔将筆頭のラムフィスが動いているようですから」

「七魔将筆頭？」

「はい。ラムフィスはゾルデスに次ぐ実力があると言われている魔族です。頭も良く、計算高いタイプですね。しかも情報では七魔将ドルセラの姿も確認されています」

シャムサスは頭をかいた。

「元々、王都の北にいた七魔将ルゼムと合流して、一気にガジャ砦《とりで》を落として王都を攻める作戦なんでしょう」

「大丈夫なんですか？」

「わかりません。王都には実力ある多くの騎士と兵士がいますし、王宮魔道師のセルフィナ様もいます。ただ、向こうも本気でしょうからね。うーん」

うなるような声を出して、シャムサスは首を傾ける。

「まあ、今さら王都に戻ることもできません。この軍を戻しては意味がありませんから」

「そう……ですよね」

僕は唇を結んで考え込む。

アクア国の王都が落とされたら、ゾルデス討伐が成功しても意味がない。多くの人たちが死ぬことになる。

モンスターたちに襲われる人々の姿を想像して、僕の手のひらに汗が滲《にじ》んだ。

そんな未来は絶対に阻止しないと。

「シャムサスさん。僕がガジャ砦に行きます！」

僕の言葉にシャムサスの目が丸くなった。

「えっ？　君がガジャ砦に行くんですか？」

「はい。僕なら転移の呪文が使えますから、王都まではすぐに移動できます。そこからガジャ砦に行けば時間はかかりません」

僕は地図に描かれているガジャ砦を指さす。

「いや、しかし、それは……」

シャムサスが金色の眉根を寄せた。

「……うーん。無茶な手にも思えますが、敵の裏をかくことは……できそうですね」

「はい。僕が転移の魔法を使えることは知られているでしょうけど、ここから離れるとは魔族側も予想していないはずです」

「ええ。戦略的に考えにくいですから。魔族は私たちが最果ての大迷宮に向かうと思っているでしょうし」

シャムサスは、じっと僕を見つめる。

「……決意は固いようですね。ならば、君の作戦に合わせて、こちらも動きましょう」

「ありがとうございます」

「ただ、一つだけお願いがあります」

「お願い……ですか？」

「……はい」

シャムサスは一歩前に出て、僕の腕に触れた。

「決して死なないでください。君が死ねばレグス王はゾルデス討伐を諦めるかもしれません。だから、君は絶対に死んではいけないんです」

「絶対に死んではいけない……か」

僕は唇を強く結んだ。

シャムサスの言う通りだ。ゾルデス討伐を言い出した僕には責任がある。ゾルデスと戦う前に死ぬわけにはいかない。

「わかりました。自分の命は自分だけのものじゃない。そう心に刻んで戦います！」

◇　◇　◇

僕、由那、クロ、ミルルは転移の呪文で王都に戻った。

そこから、馬車を借りて北にあるガジャ砦に向かう。

モンスターの軍隊がガジャ砦を攻めるという話が広まっているのか、僕たち以外にガジャ砦に向かう馬車の姿はない。

ガタガタと音を立てる馬車の中でクロが口を開いた。

「で、今の状況はどうなってる？」

「セルフィナさんから聞いた情報だと、ガジャ砦の北にあるマダツ村が占領されたみたいだ」

僕はガジャ砦の周辺の地図をクロに見せる。

「多くのマダツ村の人たちは先に逃げ出してて、ガジャ砦に避難してるって。でも、周辺の小さな村には、逃げ損なった村人たちがいるみたいだ」

「にゃっ！　それは助けないといけないにゃ」

ミルルが馬車の中で立ち上がった。頭部の耳が馬車の天井に当たる。

「ミルルは愛と正義のSランク冒険者にゃ。困った人は助けてあげないといけないのにゃ」

「うん。ガジャ砦の兵士たちも村人たちの救助に動いているみたいだ。それに『神龍《しんりゅう》の団』の人たちも」

「神龍の団かにゃ？」

ミルルの紫色の目が丸くなった。

「ガジャ砦の戦力を増やすために、国が神龍の団に依頼したみたいだね」

「なるほどにゃ。あそこは王都で二番目に実力がある団だからにゃ。依頼があるのは当然にゃ」

「んっ？　一番じゃないの？」

「何を言ってるにゃ？　一番は星王杯で優勝した銀狼の団にゃ！」

「いやぁ、あれは運がよかったからだしなぁ。実力は神龍の団のほうが上じゃないかな。星王杯で五連覇してたんだから」

　僕は人差し指で頬をかく。

「まあ、どっちが一番かは置いといて、リクロスさんたちが味方になってくれるのは心強いよ」

「そうだな」

　クロが腕を組んで僕の言葉に同意した。

「星王杯に参加していた五人は二つ名持ちのSランク冒険者だ。他の団員たちもしっかり鍛《きた》えられているだろう。運がよければ、奴らが七魔将を倒してくれるかもな」

「それだと、ミルルたちがガジャ砦に行く理由がないにゃ」

「そのほうがいいって」

　僕はミルルの肩に軽く触れた。

「もし、リクロスさんたちが三人の七魔将を倒してくれれば、僕たちはケガ一つなくカラロ城に戻れる。万々歳じゃないか」

「でも、ミルルたちが活躍できないにゃ」

ミルルは頬を膨らませた。

「安心しろ」

クロが言った。

「活躍の場など、これからいくらでもある。俺たちの最終目的は最果ての大迷宮に行って、魔王ゾルデスを討伐することなんだからな」

「むむっ、たしかにそうかもにゃ。ミルルがゾルデスを倒せば、王都最強の称号は銀狼の団がキープできるにゃ」

「ミルルには期待してるよ」

僕は馬車の中にいる仲間たちを見回す。

由那、クロ、ミルルは全員Sランクの冒険者だ。この三人と僕なら、モンスターの軍隊相手でも戦える。

理想としては七魔将たちがガジャ砦を攻める前に奴らを倒したい。それができれば犠牲者を減らせる。

となると、七魔将筆頭のラムフィスを狙うのがいいか。トップがいなくなれば軍隊は混乱するだろうし。

　僕は唇を強く結んで、右手の人差し指にはめたダールの指輪を見つめた。

◇　◇　◇

　ガジャ砦の北にある森の中で、神龍の団のリーダー、リクロスが団員たちに指示を出していた。

　リクロスは二十代後半の男で、すらりとした体形をしていた。身長は百八十センチ近くあり、銀色の髪を短く切っている。服は紫色で黒いローブを羽織《はお》っていた。

「君たちは村人といっしょに西に逃げて」

「西ですか？」

　若い団員が首をかしげた。

「真っ直ぐに南に逃げたほうがガジャ砦に早く行けると思うのですが？」

「それでは敵に動きが読まれやすいからね。西の川を渡って、大回りでガジャ砦に逃げたほうが裏をかける。おとりも使うし」

「おとりですか？」

「うん。Sランクの五人でおとりをやるから」

「五人全員で？」

「そうするから、敵も引っかかるんだよ」

リクロスが白い歯を見せた。

「僕たちは派手に戦いながら、南に移動する。上手くおとり役をやるさ」

「しかし、それではリクロス様たちが……」

不安げな表情で団員たちがリクロスを見つめる。

「安心していいよ。僕たちだけのほうが逃げるのも簡単だからね」

「……わかりました。お気をつけて」

団員たちはリクロスに一礼して、数十メートル先にいた百人前後の村人たちに指示を出す。

「さあ、休憩は終わりだ。出発するぞ」

団員の言葉を聞いて、村人たちが森の中を歩き出した。

「リクロス様」

『光《ひかり》の癒《い》やし手《て》』の二つ名を持つSランク冒険者のセリスがリクロスに歩み寄った。セリスは二十代後半の女で、金色の髪を腰まで伸ばしている。

「エリック、ゴズル、ネムに遠話でリクロス様の指示を伝えました。全員、南に移動するはずです」

「いいね。じゃあ、僕たちも動こう。なるべく派手に……ね」

リクロスの口角が吊り上がった。


リクロスとセリスは追いかけてきたモンスターたちを倒しながら、南に向かって走り続けた。

――予定通り、こっちを追ってきたな。

リクロスは飛びかかってきたゴブリンに金属製の小さな球体を投げる。その球体が爆発して、ゴブリンの体が炎に包まれた。

「ギャ……ギャアア！」

ゴブリンはばたばたと手足を動かした後、地面に倒れた。

その背後から、新たなゴブリンが三体姿を見せる。

ゴブリンたちは短剣を構えて、リクロスに駆け寄った。

その時――。

茂みから銀色の鎧を装備した金髪の男が現れた。男は二十代半ばの獣人ミックスで、半透明の刃のロングソードを手にしていた。

「待たせたな」

男――『三属性《さんぞくせい》の魔法戦士《まほうせんし》』の二つ名を持つエリックはゴブリンに突っ込み、ロングソードを真横に振った。その一撃で三体のゴブリンが絶命する。

「で、ネムとゴズルはどこだよ？」

エリックはきょろきょろと辺りを見回す。

「まだ、合流してないわ」とセリスが答えた。

「あなたを追ってきてる魔族はいる？」

「ダークエルフは何体か倒したな。ただ、七魔将らしき魔族は見てないぞ」

「……そう。なら、なんとかなりそうね」

「七魔将がいても問題ないがな」

エリックはにやりと笑った。

「水沢優樹は七魔将のシャグールとカリーネを倒したんだ。俺も一人ぐらいは倒しておかねぇと、かっこつかねぇよ」

「どうでもいいこと、気にしてるのね」

「どうでもよくねぇよ。奴には一度やられてるからな。俺の実力を証明しておかねぇとな」

「期待してるよ、エリック」

リクロスはエリックの肩を軽く叩いた。

「一人でも七魔将を倒しておけば、ガジャ砦での戦いが楽になるからね」

「ああ。まかせとけって。俺の本気を……」

「ああーっ、やっと見つけた！」

十代半ばの少女が木の陰から現れた。少女は黒いローブを羽織っていて、髪も黒色、両手の指に八つの指輪をはめている。

少女――『暗闇《くらやみ》の召喚術師《しょうかんじゅつし》』ネムは息を弾《はず》ませながら、リクロスに駆け寄った。

「リクロスっ！　やばいよ。ダークエルフの部隊がこっちに来てる」

「数と距離は？」

「数は百ちょっとで距離は七百以下かな。その後ろにもリザードマンの部隊がいるよ。そっちは三百以上いると思う」

「わかった。ゴーレムはまだ出せる？」

「小さいのなら、五体ぐらいはいける」

「それでいい。その五体でダークエルフの部隊を止めて。三分でいいから」

リクロスはふわふわと浮かんでいる『森《もり》クラゲ』を手の甲で払いのける。

「さあ、行くぞ！　ここからは時間との勝負だ！」

その後、リクロスたちは『鉄壁《てっぺき》の盾戦士《たてせんし》』ゴズルと合流し、五人で森の中を走り続けた。

やがて、森が開け、垂直の崖がリクロスたちの視界に入った。高さは十五メートル以上あり、周囲には大小の石が転がっている。

――よし！　予定通りの場所だ。

リクロスは胸元から緑色の球体を二つ取り出し、崖の上部に向かって投げる。

球体が弾け、草のつるのようなものでできたハシゴが二つ具現化される。

「急げ！　すぐに登るぞ！」

リクロスたちはハシゴを登り始める。

背後からモンスターたちの怒声が聞こえてくる。

――ぎりぎりだったが、なんとかなったか。これで距離を稼げるはずだ。空を飛べるモンスターは少ないはずだからな。

崖を登ると、リクロスは二つのハシゴを消した。

「よし！　東側の森に隠れるぞ」

リクロスたちは崖の上の草原を走り出した。

その時――。

オレンジ色の火球が具現化され、リクロスの顔面に迫った。

「リクロス！　下がれ！」

ゴズルがリクロスの前に立ち、巨大な盾で火球を弾く。

「敵がいるぞ！　気をつけろ！」

リクロスたちは素早く臨戦態勢を整える。ゴズルとエリックが前に出て、後方にいるリクロスの左右でセリスとネムが武器を構える。

「何じゃ。五人だけか」

がさがさと草をかきわける音がして、見た目が二十代後半ぐらいの女が現れた。

女は光沢のある赤黒い服を着ていて、その下半身はヘビだった。

顔の部分は地面より三メートル以上上にあり、腰まで伸ばした緑色の髪が生きているかのようにゆらゆらと揺れている。

女は牙を生やした口を動かした。

「じゃが、それなりに強者のようじゃの。これは楽しくなりそうじゃ」

「あなたは七魔将かな？」

リクロスが女に質問した。

「左様。我は七魔将ドルセラ。魔王ゾルデス様の忠実なる配下じゃ」

女――ドルセラは紅を塗《ぬ》った唇を笑みの形に変える。

「で、他の人族はどこにおる？」

「はっ！　言うわけねぇだろ」

　エリックがロングソードの先端をドルセラの顔に向ける。

「上手く待ち伏せできたと思ってるのかもしれねぇが、おとりに引っかかったのはお前だぜ。バカな奴め」

「ほぅ。自らを危険にさらし、同族を助けるか。素晴らしいのぉ」

　ドルセラは金色の目をすっと細める。

「これは楽しみじゃ」

「楽しみって何がだよ？」

「おぬしらのような正義に酔っている者を殺すことがじゃ」

　ドルセラはヘビのように細い舌を出した。

「殺されるのはお前だっ！」

　エリックは黄白色に輝くロングソードを投げた。

　ロングソードはドルセラの数メートル前で弾かれた。

「残念じゃったのぉ。我は物理と魔法耐性のある透明な壁に守られておるのじゃ。そのような攻撃は効かぬ」

「ふーん。なら、そっちも攻撃できねぇんじゃないのか？」

「そうじゃな。だから、攻撃は我が眷属《けんぞく》にやってもらうとしよう」

シュルシュルと音がして、リクロスたちの周囲の野草が揺れた。

そして、額に小さな角を生やしたヘビが姿を見せた。胴体部分は青黒く、一メートル近い長さがある。

ヘビは一瞬体を縮めて、ゴズルに向かって跳んだ。

「舐めるなっ！」

ゴズルは野太い声で叫びながら、ヘビの攻撃を盾で受ける。

その瞬間、ヘビが爆発した。

「ぐうっ……」

ゴズルは唇を歪めて、一歩下がる。

「気をつけろ！　このヘビ、爆発するぞ！」

「ふふふっ、その通りじゃ」

ドルセラが甲高い声で笑った。

「眷属たちは自身の命よりも我の命令に従うことを選ぶ。その攻撃におぬしらはいつまで耐えられるかのぉ」

鎌首をもたげている無数のヘビたちを見て、セリスが防御強化の呪文を唱える。

淡い光がリクロスたちの体を包む。

同時にネムが、背丈が二メートル近い青いゴーレムを召喚する。

「切り札のゴーレム、ここで使うから！」

「わかった。みんな、まずはヘビの数を減らすぞ！」

そう言って、リクロスは胸元から金属製の球体を取り出した。


リクロスたちは右に移動しながら、飛びかかってくるヘビたちを倒し続けた。

しかし、ヘビの数は多く、四方からの攻撃を完全に避けることはできなかった。

ゴズルが腕を負傷し、セリスも背中に傷を負った。

「くそっ！　この草原、ヘビだらけじゃねぇか！」

エリックがマジックアイテムの短剣を振り回しながら、舌打ちをした。

「ネムっ！　ゴーレムは召喚できねぇのか？」

「ダークエルフの部隊から逃げる時に全部使っちゃったわよ！」

ネムが叫んだ。

「リクロスまずいよ。切り札のゴーレムも倒されちゃったし、このままじゃ、魔力切れで魔法も使えなくなる」

「わかってる！」

リクロスはネムに返事をしながら、金属製の球体を投げた。周囲の野草が燃え、飛びかかろうとしていた数十匹のヘビが炎に包まれる。

――まずいな。一匹一匹はたいしたことがないが、自爆攻撃が面倒だ。少しでも対応が遅れると、負傷してしまう。

連続で爆発音がして、ゴズルが倒れた。

すぐにセリスが駆け寄り、回復魔法を使おうとしたが、セリスにヘビたちが飛びかかる。

さらに爆発音がして、セリスの体が吹き飛ばされる。

「エリック！　ネム！　セリスたちを守れ！」

リクロス、エリック、ネムは倒れているゴズルとセリスの前に立った。

「ふふふっ、どうやらこれで終わりのようじゃな」

ドルセラが笑いながら、リクロスたちに近づいてくる。

「少しは粘《ねば》ったようじゃが、我が眷属たちの数は一割も減ってはおらぬぞ。ここまで、おぬしたちが弱いとは残念じゃ」

「バカなことを言うんじゃねぇ！」

エリックが叫んだ。

「まだまだ、これからだぜ！　なぁ、リクロス」

「その通りだ」

ドルセラの位置を確認して、リクロスは笑った。

「やっと、僕の期待してた位置に来てくれたね」

「期待してた？」

ドルセラが首をかしげる。

「どういう意味じゃ？」

「こういう意味だよ！」

ドルセラの足元に生えていた野草の中から、小さな球体が浮き上がった。その球体はドルセラの胸元で爆発する。

「この方法なら、あなたの壁は無意味だ」

リクロスは全身が黒く焼けたドルセラを見つめる。

「希少なスペシャルレア素材を使った特製の爆弾――『神炎球《しんえんきゅう》』だ。こいつなら、ドラゴンだって一つで倒せる」

「やったな、リクロス！」

動かなくなったドルセラを見て、エリックがリクロスの肩を叩いた。

「まさか、神炎球をあんな場所に仕掛けていたとはな」

「あれは二個目だよ」

リクロスはドルセラから視線を外さずに唇を動かした。

「一つ目はドルセラの移動ルートからずれてたから使えなかったんだ。でも、今回は上手くいったようだ」

「あぁ。これでヘビどももなんとかなる……」

「それは無理じゃな」

突然、停止していたドルセラの上半身が揺れるように動いた。パラパラと黒い皮膚が剝げ落ち、傷一つない肌が現れる。

リクロスたちの目が大きく開いた。

「残念だったのぉ。この程度の攻撃なら、皮一枚のダメージにしかならぬ」

ドルセラの口角が吊り上がった。

「さて、次はどんな攻撃をしてくれるのかのぉ」

「ぐっ……」

リクロスは唇を強く嚙んだ。

「んんっ？　どうしたのじゃ？　まさか、これで終わりというわけではないよのぉ」

「終わるかよ！」

エリックがリクロスの前に出て、短剣を構えた。

「まだ、俺は戦えるぜ。何時間でもな」

「そうでなくてはのぉ。では、こちらも別の眷属を出そう」

ドルセラがそう言うと、四匹の赤茶色の巨大なヘビが現れた。そのヘビは胴回りが五十センチ以上あり、鎌首をもたげた頭部の位置はリクロスの背より高い。

巨大なヘビたちは細長い舌を出して、ゆっくりとリクロスたちに近づく。

「先に言っておくが、その眷属は魔法耐性があるから、魔法で倒すのは厳しいぞ」

ドルセラは楽しそうに目を細めた。

「さあ、最期の時まで我を楽しませるのじゃ。その命をかけてな」

その時――。

一陣の風とともに黒い影が巨大なヘビの前をすり抜けた。

巨大なヘビのノドの部分に紫色の線が入り、その頭部がぽとりと落ちた。

巨大なヘビの胴体は赤黒い血を噴き出しながら、野草の上に倒れる。

「どうやら、間に合ったようだな」

黒い影――クロがリクロスたちを守るようにドルセラの前に立った。

召喚・トリップ系

こっちの都合なんてお構いなし!?
突然見知らぬ世界に呼び出された
主人公たちが悪戦苦闘しつつも
成長していく作品。

いずれ最強の錬金術師？

小狐丸

既刊13巻

異世界召喚に巻き込まれたタクミ。不憫すぎる…と女神から生産系スキルをもらえることに!!地味な生産職を希望したのに付与されたのは、凄い可能性を秘めた最強(?)の錬金術スキルだった!!

最強の職業は勇者でも賢者でもなく鑑定士（仮）らしいですよ？

あてきち

異世界に召喚されたヒビキに与えられた力は「鑑定」。戦闘には向かないスキルだが、冒険を続ける内にこのスキルの真の価値を知る…!

既刊6巻

装備製作系チートで異世界を自由に生きていきます

tera

異世界召喚に巻き込まれたトウジ。ゲームスキルをフル活用して、かわいいモンスター達と気ままに生産暮らし!?

既刊10巻

もふもふと異世界でスローライフを目指します！

カナデ

転移した異世界でエルフや魔獣と森暮らし！別世界から転移した者、通称『落ち人』の謎を解く旅に出発するが…？

既刊5巻

種族【半神】な俺は異世界でも普通に暮らしたい

穂高稲穂

激レア種族になって異世界に招待された玲真。チート仕様のスマホを手に冒険者として活動を始めるが、種族がバレて騒ぎになってしまい…!?

既刊2巻

定価：各1320円⑩

転生系

前世の記憶を持ちながら、
強大な力を授かった主人公たち。
現実との違いを楽しみつつ、
想像が掻き立てられる作品。

転生前のチュートリアルで異世界最強になりました。

小川　悟

死後の世界で出会った女神に3ヵ月のチュートリアル後に転生させると言われたが、転生できたのは15年後!?最強級の能力で異世界冒険譚が始まる!!

既刊3巻

貴族家三男の成り上がりライフ

美原風香

アルラインは貴族の三男に転生し、スローライフを決意したが、神々からの複数の加護で人外認定される…トラブルも多い中、望む生活のため立ち向かう！

既刊2巻

Re:Monster

金斬児狐

最弱ゴブリンに転生したゴブ朗。喰う程強くなる【吸喰能力】で進化した彼の、弱肉強食の下剋上サバイバル！

第1章:既刊9巻＋外伝2巻　第2章:既刊3巻

異世界ゆるり紀行

水無月静琉　既刊13巻

転生し、異世界の危険な森の中に送られたタクミ。彼はそこで男女の幼い双子を保護する。2人の成長を見守りながらの、のんびりゆるりな冒険者生活！

素材採取家の異世界旅行記

木乃子増緒　既刊12巻

転生先でチート能力を付与されたタケルは、その力を使い、優秀な「素材採取家」として身を立てていた。しかしある出来事をきっかけに、彼の運命は思わぬ方向へと動き出す―

強くてニューサーガ
NEW SAGA
阿部正行
Abe Masayuki
既刊10巻
TVアニメ制作決定!!
人類滅亡のシナリオを覆すため、
前世の記憶を持つカイルが仲間と共に、
世界を救う2周目の冒険に挑む!
定価：各1320円

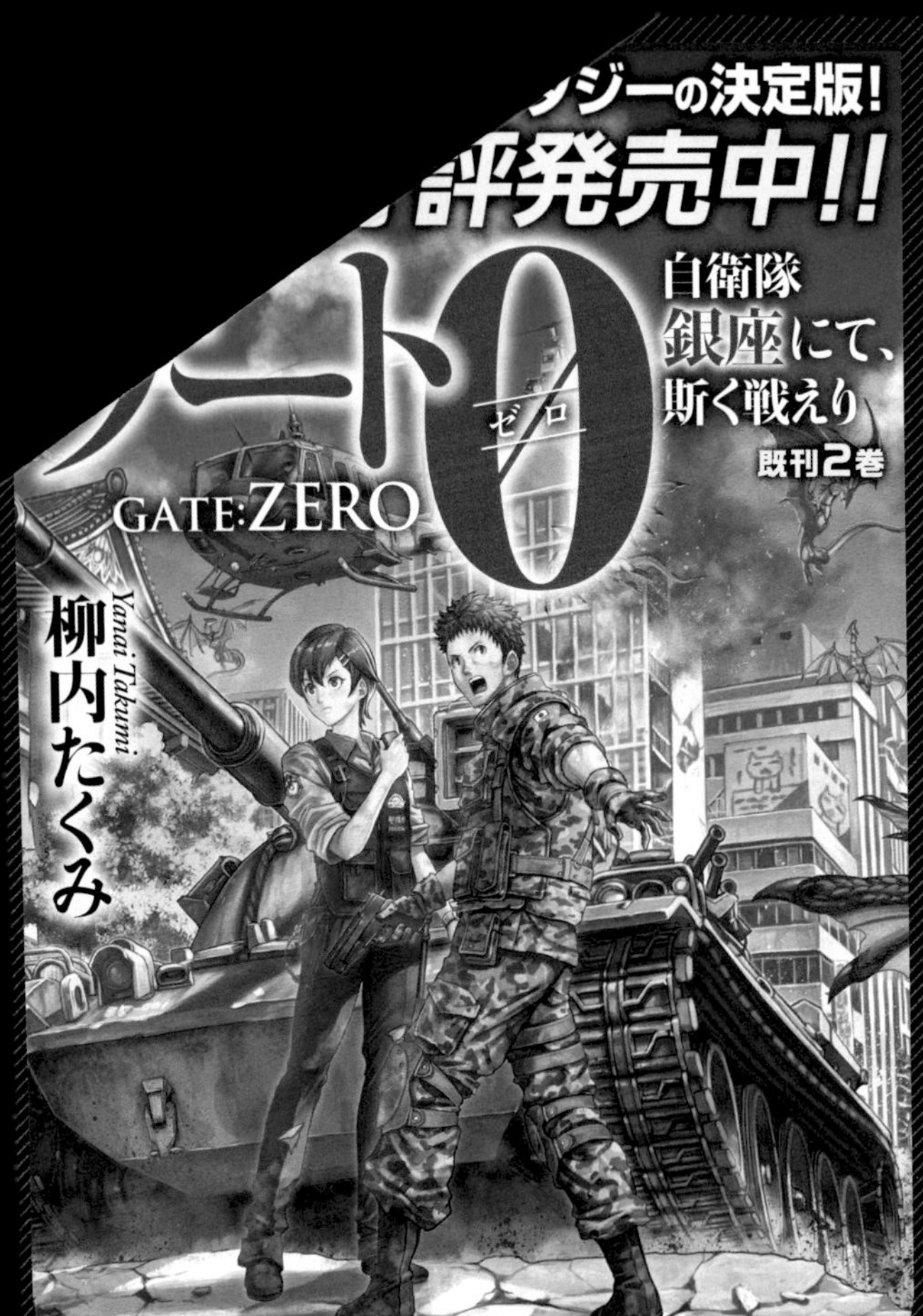
タジーの決定版!
評発売中!!
ート0
ゼロ
GATE:ZERO
自衛隊
銀座にて、
斯く戦えり
既刊2巻
柳内たくみ
Yanai Takumi
定価：各1870円⑩

月が導く異世界道中
Tsukiga Michibiku Isekai Dochu
あずみ圭
Azumi Kei
既刊18巻+外伝1巻
TVアニメ
2期決定!!
神と人族から
見捨てられた男の
異世界世直しファンタジー
定価：各1320円⑩

ゲーム世界系

VR・AR様々な心躍るゲーム
そんな世界で冒険したい!!
プレイスタイルを
選ぶのはあなた次第!!

とあるおっさんのVRMMO活動記

椎名ほわほわ

VRMMOゲーム好き会社員・大地は不遇スキルを極める地味プレイを選択。しかし、上達するとスキルが脅威の力を発揮して…!?

既刊26巻

THE NEW GATE

風波しのぎ

目覚めると、オンラインゲーム(元デスゲーム)が"リアル異世界"に変貌。伝説の剣士が、再び戦場を駆ける!

既刊21巻

のんびりVRMMO記

まぐろ猫@恢猫

双子の妹達の保護者役で、VRMMOに参加した青年ツグミ。現実世界で家事全般を極めた、最強の主夫がゲーム世界で大奮闘!

既刊10巻

定価：各1320円⑩

実は最強系

アイディア次第で大活躍!

追い出された万能職に新しい人生が始まりました

東堂大稀　既刊7巻

万能職とは名ばかりで"雑用係"だったロアは「お前、クビな」の一言で勇者パーティーから追放される…生産職として生きることを決意するが、実は自覚以上の魔法薬づくりの才能があり…!?

落ちこぼれ［☆1］魔法使いは、今日も無意識にチートを使う

右薙光介　既刊8巻

最低ランクのアルカナ☆1を授かったことで将来を絶たれた少年が、独自の魔法技術を頼りに冒険者としてのし上がる!

定価：各1320円⑩

…経営 …【助言士】の

柊彼方　既刊2巻

ロイドは最強ギルドから用済み扱いされ、追放される…失意の際に出会った冒険者のエリスがギルドを創ろうと申し出てくるが、彼女は明らかに才能のない低級魔術師…だが、初級魔法を極めし者だった――!? 底辺弱小ギルドが頂に至る物語が、始まる!!

…クラスメイ…れてしまうが、偶然手に入れた亡き英雄の【創造魔法】でたくましく生き抜くことに――!?

既刊3巻

趣味を極めて自由に生きろ!

紫南

魔法が衰退し魔道具の補助無しでは扱えない世界で、フィルズは前世の工作趣味を生かし自作魔道具を発明していた。ある日、神々に呼び出され地球の知識を広める使命を与えられ――?

既刊1巻

幼子は最強のテイマーだと気付いていません!

akechi

森の奥深くで暮らすユリアの楽しみは、動物達と遊ぶこと。微笑ましい光景だが、動物達は伝説の魔物だった!!知らぬ間に最強のテイマーになっちゃった!?

既刊1巻

余りモノ異世界人の自由生活

藤森フクロウ

シンは転移した先がヤバイ国家と早々に判断し、国外脱出を敢行。他国の山村でスローライフを満喫していたが、ある貴人と出会い生活に変化が!?

既刊4巻

不死王はスローライフを希望します

小狐丸

平凡な男は気がつくと異世界で最底辺の魔物・ゴーストになっていた!? 成長し、最強種・バンパイアになった男が目指すは自給自足のスローライフ!

既刊3巻

「クロっ！　どうして君が？」

リクロスがぱくぱくと口を動かした。

「こっちに七魔将が集まってると聞いてな。ゾルデス討伐の前に倒しておくのがいいと思ったんだ」

「おいっ、クロ！」

エリックがクロに声をかける。

「お前がいるってことは、水沢優樹もこっちに来てるのか？」

「……残念だが、優樹は北の湿地帯にいる。ガジャ砦に避難してくる村人たちの移動ルートがわからなかったからな。だが、もう一人、助っ人はいるぞ」

「待たせたにゃ！」

野草をかき分けて、ミルルが姿を見せた。

「愛と正義の最強戦士ミルル！　ここに見参にゃ！」

ミルルは短剣の先端をドルセラに向けた。

「お前が七魔将だにゃ。ミルルが倒してやるにゃ！」

「……ほう。これは活《い》きのいい人族じゃのぉ」

ドルセラは口元に手を寄せて微笑した。

「まだまだ楽しませてもらえそうじゃ。感謝するぞ」

「クロっ、ミルル！」

リクロスが口を開いた。

「ドルセラの周りには魔法と物理攻撃を防ぐ透明な壁がある。しかも、それが常時発動してるようだ」

「……ほぅ」

クロの瞳孔が縦に細くなった。

「……なるほど。半球型の壁のようだな。上からの攻撃も難しいか」

「その通りじゃ。我の守りは完璧じゃぞ」

ドルセラはちろちろと細い舌を動かす。

「そして攻撃は我が眷属にまかせる。これが楽で確実に勝てる戦法じゃ」

「ならば、まずはお前の眷属を減らしていくか」

長く伸びたクロの爪が紫色に輝いた。

新たに戦いに参加したクロとミルルは、四方から攻撃を仕掛けてくるヘビたちを倒し続けた。

リクロスたちも回復薬を使い、必死に戦い続ける。

「ちっ！　ヘビの数が減らねぇな」

エリックが舌打ちをした。

「一体何匹いるんだよ」

「わからんが、とにかく倒しまくれ！」

クロが飛びかかってきたヘビを真っ二つにしながら叫んだ。

「全てのヘビを倒せば、ドルセラは自ら壁の魔法を解除するしかない。その時が奴を倒す好機になるぞ！」

「ほぅほぅ。それはいいアイデアじゃのぉ」

ドルセラは目を細めて笑う。

「たしかに我が眷属がいなくなれば、守りの魔法を解除して、我が戦うことになるであろう。じゃが、我が眷属はこの草原に一万匹以上いるぞ。全てを殺すのは手間がかかるじゃろうな」

その言葉にリクロスの顔が歪んだ。

――まずいな。セリスとゴズルはもう戦えないし、マジックアイテムも使い切った。クロとミルルも疲れが見え始めている。そして僕も。

ヘビが爆発して、ネムの体が吹き飛ばされた。

「ネムっ！」

ネムに駆け寄ろうとしたリクロスの足がもつれる。

「くっ！　こうなったら、僕の命を捨ててでも、みんなを逃がす！」

リクロスが自分の死を覚悟した瞬間——。

紫色の煙が周囲の草原に広がった。

——この煙は……毒なのか？

リクロスは口元を押さえて、視線を左右に動かす。

——いや、違う。毒に反応する指輪が輝かない。なら……んっ？

リクロスはヘビたちの攻撃が止まったことに気づいた。足元を見ると、数匹のヘビが傷もなく死んでいる。

「これは……」

リクロスは目を丸くして、死んだヘビを凝視する。

——魔法の攻撃だったのか？　だが、僕たちの体は何ともない。周りのヘビだけが死んでいる。どういうことだ？

「ヘビだけを殺せる闇属性の魔法を使ったんです」

聞き覚えのある声がリクロスの耳に届いた。

リクロスが顔を上げると、そこには優樹と由那が立っていた。

◇　◇　◇

「遅かったな、優樹」

クロが僕に声をかけた。

「ごめん。ヘビの遺伝子解析に時間がかかってさ」

僕はゆっくりとクロたちに近づいた。

「でも、もう安心していいよ。この呪文に使う素材はいっぱい持ってるからね。何十回でも使うことができるよ」

「遺伝子の意味はわからんが、なかなか使い勝手がいい魔法のようだ」

クロはヘビの死体を見回す。

「クロっ！」

エリックがクロに駆け寄る。

「水沢優樹は北の湿地帯にいるんじゃなかったのか？」

「あれはウソだ」

「はぁっ！　ウソ？」

「そうだ」とクロは答えた。

「近くにドルセラがいたからな。油断させるためにも、ああ言ったほうがいいだろう」

「あ……」

エリックは口をぱくぱくと動かす。

「……ほぅ。おぬしが水沢優樹か」

ドルセラが首を右に傾けて、僕を見下ろす。

「シャグールとカリーネを倒した強者に会えるとはな。これは運がいい」

「運がいい？」

「そうじゃ。おぬしを殺せば人族の希望は消えるからのぉ。ゾルデス様を倒すなどというバカげた計画も頓挫《とんざ》するじゃろ」

「それはどうかな。国がゾルデスと戦うことを決めたし、僕以外にも強い人はいっぱいいるよ。何百人もね」

「その通りにゃ！」

僕の隣でミルルがこぶしを握り締めた。

「杉阪牛パンチの使い手、ミルルもいるのにゃ」

「……ふむ。たしかにここにいる者は全員ほどほどには強そうじゃ。ならば全員殺しておくのがよいか」

「それがお前にできるのか？」

クロが僕の前に出た。

「優樹がいれば、ヘビどもは無効化できる。半球型の壁の中に隠れているお前に、俺たちを倒す手段はあるのか？」

「ないわけがなかろう」

ドルセラの唇が裂けるように開いた。

「我は七魔将じゃぞ。おぬしたちと長く楽しむために眷属を使っておったが、我自身が戦うことも当然できる」

ドルセラの周囲に黄緑色に発光する球体が九つ現れた。直径十センチ程の球体は、そよ風に揺れる風船のようにゆらゆらと動いている。

その球体が少しずつ大きくなっていく。

「させるかっ！」

エリックが光の矢の魔法でドルセラを攻撃する。

しかし、その矢は半球型の透明な壁に全て防がれた。

「無駄な攻撃じゃな」

ドルセラは勝ち誇った顔でエリックを見下ろす。

「守りの魔法を解除するのは、『操死球《そうしきゅう》』の魔法が完成した後じゃ。この魔法は発動まで時間がかかるのが弱点じゃが、守りの魔法と組み合わせることで必勝の手となる」

「なるほど。いい手だね」

僕はドルセラに向けて魔銃零式の引き金を引いた。

エクスプローダー弾が空中で弾かれる。

「無駄な攻撃だと言ったはずじゃが」

「一応、確認しただけだよ」

僕は斜め後ろにいた由那に視線を向ける。

由那は巨大な斧を両手で握り締め、ドルセラをにらみつけている。その斧刃は、僕がかけた攻撃力アップの魔法で淡く輝いていた。

「……由那」

「わかってる」

由那は小さな声を出した。

「さて、最期に言い残すことはないかの？」

操死球の魔法に絶対の自信を持っているのか、ドルセラは笑顔で僕たちを見回す。

「おぬしたちの命は残り十秒程で終わるじゃろう。言いたいことがあるのなら、今のうちに言っておくがよい」

「残り十秒か。なら、問題ないな」

「問題ないとは何じゃ？」

「それだけの時間があれば、君を倒せるってことだよ」

僕は魔力キノコ、『ジュエルドラゴンのウロコ』『ユニコーンの角《つの》』『奇跡の石《きせきのいし》』を組み合わせて、『魔法霧消《まほうむしょう》』の呪文を使用した。

ガラスが割れるような音がして、ドルセラの緑色の髪が風に揺らいだ。

よし！　さっきまでと違ってドルセラに風が当たっている。これで守りの魔法が消滅したはずだ。

僕は魔銃零式の引き金を引く。

エクスプローダー弾がドルセラの肩に当たり、爆発した。

「なっ！」

ドルセラの目と口が大きく開いた。

んんっ？　肩の傷が予想より浅いな。守りの魔法だけじゃなく、体そのものの防御力も高いのか。

だけど……。

由那が前傾姿勢でドルセラに突っ込んだ。右足を強く蹴って、高くジャンプし巨大な斧を振り下ろす。淡く輝く斧刃がドルセラの上半身を斜めに斬った。

「があっ……あが……」

ドルセラは青紫色の血を噴き出しながら、ぐらりと体を傾ける。

由那はドルセラの側面に回り込み、ヘビのような下半身に斧を叩きつけた。周囲の草がドルセラの血で染まった。

「ぐっ……がっ……」

ドルセラの体が横倒しになり、周囲に浮かんでいた九つの球体が消える。

「ば……バカな……」

ドルセラは色を失った唇をぱくぱくと動かす。

「わ……我の守りの魔法を……消すことなど……できるはずが……」

「この世界にはない僕のオリジナルの魔法だからね。通常の解除魔法とは原理から違うんだ」

僕は魔銃零式を構えたまま、ドルセラに近づく。

「君は創造魔法を甘く見過ぎだよ。だから、死ぬことになる」

「……人族が調子に乗るなっ！」

ドルセラが両手の指を大きく広げた。手のひらの部分が赤く輝く。

「魔法の発動が遅いよ」

僕はエクスプローダー弾を魔銃零式に装填して引き金を連続で引いた。

ドルセラの胸に三つの穴が開き、次々と爆発する。

「がはっ……あが……」

ドルセラは顔を歪めたまま、絶命した。

僕は呼吸を整えて周囲を見回す。

ヘビは……逃げたみたいだな。ドルセラが死んだからか。

これで一息つける。他にモンスターはいないみたいだし。


「ありがとう。優樹くん」

リクロスが僕に歩み寄って、右手を差し出した。

「君たちのおかげで命を拾うことができたよ。感謝する」

「いえ。こういう時は助け合うのが当たり前ですから」

僕はリクロスの右手をしっかりと握る。

「皆さん、ケガは大丈夫ですか？」

「……なんとかね」

リクロスは倒れているネムに回復魔法をかけているセリスを見る。その隣にはゴズルとエリックが座り込んでいた。

「それにしても、あっという間に七魔将を倒したね。さすがだよ」

「いや。致命傷を与えたのは由那だから」

「でも、その武器に攻撃力を上げる魔法をかけたのは君だよね？」

「気づいてたんですか？」

「そのぐらいのことならね」

リクロスは白い歯を見せて笑った。

「君と戦ったのが星王杯でよかったよ。実戦なら、僕はすぐに殺されていただろう」

「そんなことはありません。リクロスさんに奇襲されたら、僕のほうこそ、あっという間に殺されちゃいますよ」

「そうさせないために、俺たちがいるんだ」

クロが言った。

「俺と由那がいれば、優樹への奇襲は阻止できるからな」

「にゃっ！　ミルルもいるにゃ！」

ミルルが不満げに頬を膨らませた。

「ミルルにはスーパービーストモードがあるからにゃ」

「あの技は時間がかかり過ぎだ。奇襲を防ぐには向いてないだろ」

クロが呆れた顔でミルルを見る。

「まあ、頑丈でスピードもほどほどにあるお前なら、盾役にはなるだろうな」

「たしかに優樹くんには君たちがいるか」

リクロスの頬が緩んだ。

「おいっ！　水沢優樹！」

エリックが座ったまま、僕に声をかけてきた。

「俺はまだ戦えたんだからな。ドルセラだって俺が倒す予定だったんだ。それなのにいいところだけ持っていきやがって！」

「何言ってるの」

側にいたセリスが冷たい視線をエリックに向ける。

「立つこともできないぐらい消耗《しょうもう》してるのに」

「はっ！　そんなわけあるかよ！」

エリックは立ち上がろうとしたが、バランスを崩して倒れてしまった。

「まだ、休んでたほうがいいですよ」

僕はエリックに歩み寄った。

「いい回復薬を使っても、限界はありますから」

「くっ……」

エリックは悔しそうな顔をして、僕をにらみつけた。

「……わかった。今回は俺の負けにしておいてやる」

「いや、勝ち負けなんてないですから」

僕はぱたぱたと両手を左右に振る。

うーん。同じ人族で魔族と戦っているんだから、味方同士なのになぁ。

「優樹くん」

リクロスが口を開いた。

「君たちはこれからどうするんだい？　ガジャ砦に行くのなら、いっしょに移動したいのだが」

「いえ。僕たちはマダツ村に行きます」

「んっ？　マダツ村はもう魔族に占領されているよ」

「ええ。残り二人の七魔将がそこにいる可能性が高いと思って」

「……君たちだけで七魔将を狙うのか？」

「そのほうが奇襲しやすいですから」

僕はドルセラの死体をちらりと見る。

「七魔将の強さは他の魔族とは別格です。奴らを倒すには、こっちから攻めるのが理想的だと思います」

「その考えは理解できるが……」

リクロスの眉間にしわが寄る。

「気をつけたほうがいい。七魔将ルゼムは用心深くて残忍な男だ。そして七魔将筆頭のラムフィスは、オリジナルの高位魔法をいくつも使うことができる危険な相手だよ」

「みたいですね。シャムサスさんからも少し話を聞きました。でも、危険な相手だからこそ、早めに倒しておかないと」

「……意志は固そうだね」

リクロスは真っ直ぐに僕を見つめる。

「本当なら、僕たちも君のサポートをしたいところだが、ガジャ砦を守る仕事があるんだ。それに仲間たちの体力も減っている」

「わかってます。リクロスさんたちはガジャ砦にいてください。僕たちが奇襲する前にモンスターの軍隊がそっちを攻める可能性もありますから」

「わかった。お互いに全力を尽くそう。人族の未来のために」

差し出されたリクロスの右手を僕はしっかりと握った。

◇　◇　◇

ガジャ砦の北にあるマダツ村は山に囲まれた低地にあった。

月明かりに照らされた建物の多くは半壊していて、多くのモンスターが動き回っている。

村の中央には大きな屋敷が建っていて、その中庭に一体の魔族がいた。

魔族は背丈が百センチと低く、樽《たる》のような体に赤黒い布をぐるぐると巻きつけていた。

顔はカエルに似ていて、頭部に鹿のような角が二本生えている。肌は緑色で茶色のブーツを履いていた。

「ルゼム様」

ダークエルフの男が魔族――ルゼムの前で片膝をついた。

「ドルセラ様が人族に殺されたようです」

「ドルセラが？」

ルゼムの金色の目がわずかに大きくなった。

「……それは間違いないのか？」

「はい。死体も確認しました」

ダークエルフの男が答える。

「状況から、複数の冒険者にやられたのではないかと」

「バカな女だ。人族の強さを理解してないから、死ぬことになる」

「人族の強さですか？」

ダークエルフの男は首をかしげた。

「奴らは我らよりも弱い存在では？」

「個体で比べるのならな。だが、人族は集団で戦うのが上手い。それに強い個体も存在する。奴らがSランクと呼称する者たちがな」

ルゼムは半球型に飛び出した目を覆うようにまぶたを何度か動かした。

「で、ガジャ砦を攻める手はずは整ったのか？」

「はい。ゴブリンどもを含めれば、五万以上の数で攻められます」

「オーガの数は？」

「三百以上はいます」

「ならばダルジールの精鋭部隊抜きでもやれるな？」

「はっ！　斥候《せっこう》の情報ではガジャ砦にいる兵士たちの数は二万前後ですから」

「だが、油断はするなよ。ドルセラを倒した冒険者がガジャ砦にいる可能性が高い」

「そうだね」

突然、少年のような声がルゼムの背後から聞こえた。

ルゼムが振り返ると、そこには七魔将筆頭のラムフィスが立っていた。

「僕の部下の情報だと、ガジャ砦にいるのは神龍の団の冒険者たちみたいだ」

「神龍の団？」

「王都で一番実力のある団みたいだよ。Sランクの冒険者が五人いるみたいだ。彼らがドルセラを殺したんだろうね」

ラムフィスは銀色の巻き毛に触れながら、ルゼムに歩み寄る。

「わかってると思うけど、彼らが君を狙ってくるかもしれないよ。人族としては、軍を指揮する君を殺すのが状況を好転させる理想の展開だからね」

「ふん。俺はドルセラとは違う」

「うん。君は用心深いし油断なんかしないからね。それにいろいろと対策もしてるんだろ？」

「当然だ」とルゼムが答えた。

「人族に次々と七魔将が殺されているんだぞ。それなのに対策も立てないのは脳が溶けているとしか思えん」

「えーっ？　僕の脳が溶けてるって思ってるの？」

「お前は例外だ。七魔将の中でも別格だからな」

ルゼムは不機嫌そうにラムフィスを見つめる。

「で、お前はどう動く？」

「うーん。ドルセラがやられちゃったからなぁ。ちょっと悩んでるんだよね」

ラムフィスは頭を右に傾けて腕を組んだ。

「ガジャ砦はともかく、王都を攻めるのにドルセラがいなくなったのはまずいんだよ。かといって、霧人やエリナをこっちに呼ぶわけにもいかないし。二人にはカラロ城にいる軍隊を止めてもらわないといけないから」

「そうだな。ゾルデス様のいる最果ての大迷宮に奴らを行かせるわけにはいかん」

ルゼムは細長い紐のような舌を伸ばして、周囲を飛んでいた羽虫を捕らえた。その舌が素早く口の中に戻る。

「まあいい。俺がドルセラの分まで働けばいいだけだ」

「君には期待してるよ。七魔将の中で一番軍を動かすのが得意だからね」

ラムフィスはにこにこと笑いながら、ルゼムの緑色の肩に触れる。

その時、ダークエルフの女がルゼムに駆け寄ってきた。

「ルゼム様！　大変です。ダルジール様が殺されました」

「なんだとっ！」

ルゼムの半球型の目が大きく開いた。

「どういうことだ？　ダルジールの部隊は東の森に潜伏させていたはずだぞ」

「は、はい。その場所が人族に発見されたようで、黒い猫の獣人に奇襲されて」

「黒い猫の獣人？」

ルゼムの眉間にしわが寄った。

「そいつは神速の暗黒戦士クロじゃないのか？」

「それはわかりませんが、金色のプレートをベルトにつけていたようなので、Sランクの冒険者ではないかと」

「ならばクロの可能性が高い」

「んっ？　クロって誰？」

ラムフィスがルゼムに質問した。

「異界人の水沢優樹といっしょに行動している獣人だ。奴にやられた魔族も多いぞ」

「あれ？　それっておかしくないかな？　水沢優樹はカラロ城にいるはずだよ。霧人が遭《あ》ったって、言ってたし」

「クロだけ別行動なのかもしれん。または……」

「または何？」

「水沢優樹もこっちにいるってことだ」

ルゼムは金色の目で周囲を見回す。

「奴は転移の魔法が使えると情報にあった。ならばここまでの移動は難しくない」

「ふーん。なるほどねぇ」

ラムフィスは首を傾けて頭をかいた。

「水沢優樹はそのままゾルデス様を倒しに行くんだと思ってたよ。それが当然の行動だし」

「人族は仲間を守ることを重視するからな。それにここで俺たちを殺しておけば、カラロ城に送る兵の数を増やすことができる」

「僕たちを殺すか。それは怖いなぁ」

言葉とは裏腹にラムフィスの口角が吊り上がった。

「で、どうするの？　水沢優樹がいるのなら、高位呪文を警戒しないと。彼は五百体以上のモンスターを一発で全滅させる魔法が使えるよ」

「それは問題ない。奴はその呪文を使えない」

「使えない？」

「あぁ。人族に有効な手を準備していたからな」

そう言って、ルゼムはにやりと笑った。

◇　◇　◇

マダツ村から数百メートル離れた森の中に僕と由那は潜んでいた。

頭上の枝葉の隙間から、淡い月の光が射し込み、周囲に浮かんでいる森クラゲを照らしている。

数十メートル先の茂みが揺れ、鎧をつけたオークたちの姿が見えた。彼らは周囲を見回しながら、木の陰に隠れている僕から離れていった。

溜めていた息を吐き出し、僕は額の汗をぬぐう。

マダツ村の周囲にもモンスターがたくさんいるな。見つからないようにしないと。

「優樹くん」

由那が僕に体を寄せた。

「マダツ村には、七魔将のラムフィスとルゼムがいるんだよね？　どっちから狙うの？」

「……ルゼムかな」

僕は由那の質問に答えた。

「シャムサスさんの情報だと、ルゼムはアクア国の情報に詳しくて配下の数も多いらしい。軍隊の総指揮もルゼムがやってるみたいだ。つまり、ルゼムを倒せばモンスターの軍隊は混乱する」

「それなら、先に倒しておいたほうがいいね」

「うん。理想は二人ともだけどね。ラムフィスは七魔将筆頭で、相当強いみたいだから」

その時――。

背後の茂みが音を立てた。

僕と由那が同時に振り返る。

そこには五歳ぐらいの女の子が立っていた。

女の子はクリーム色の服を着ていて、髪は茶色。頭部には猫の耳が生えていた。

「君は？」

「マリエル」

女の子は自分の名前を口にした。

「もしかして、マダツ村の子？」

「うん。お母さんといっしょに住んでた」

舌足らずな喋り方でマリエルは答えた。

「モンスターがいっぱい村に来たから、森に隠れてた」

「お母さんは？」

「……お母さん、モンスターに捕まった」

マリエルの瞳が潤み、白い頬を涙が伝った。

「あ……だ、大丈夫だから」

僕は慌てて女の子の頭部に生えた耳を撫でた。

「僕……僕たちはモンスターを退治しに来たんだ。だから、君のお母さんも助けてあげるよ」

「……ほんと？」

「うん。だから、ここから離れよう。この辺はモンスターがいっぱいいるからね」

とりあえず、この子を安全な場所に移動させないと。

僕たちは音を立てないようにして、その場から離れた。


三十分後、僕は地形操作の魔法を使って、緩やかな斜面に穴を掘った。穴の入り口は小さくして、中を四畳半ぐらいの広さにする。

「由那、君はマリエルといっしょにここに隠れてて」

「それはいいけど、優樹くんは？」

由那は心配そうな顔で僕を見つめる。

「僕はマダツ村に潜入してマリエルのお母さんを捜すよ。他にも捕まってる人がいるかもしれない。

それを確認しないと、広範囲の攻撃魔法が使えないからね」

「でも、一人で大丈夫？　クロちゃんとミルルは陽動で動いてるし」

「うん。透明になれる粉があるからね。それでなんとかなると思う」

「気をつけて」

由那は僕の右手を両手で握った。

「優樹くんに何かあったら、私……」

「大丈夫。まだやることがいっぱいあるからね。死ぬつもりはないよ」

由那を安心させるために、僕は左手で由那の肩を撫でた。


緩やかな斜面を登ると、視界にマダツ村が入った。

丸太を並べたような塀に囲まれたマダツ村の中には、多くのモンスターがいた。

オークの数が多いな。他は……リザードマンとゴブリン……ダークエルフもいる。

塀の外を歩き回っているオークたちを見て、僕は唇を噛んだ。

予想より警戒してるな。クロとミルルの陽動に兵を分けた様子もない……か。ルゼムは相当用心深いぞ。

もしかして、僕がこっちにいる可能性も考えているのかもしれない。

その時、夜空に半透明の巨大な壁が現れた。

その壁にカエルのような顔をした魔族が映し出された。

『森の中に隠れている人族に告げる』

空から、しわがれた声が聞こえてきた。

『俺は七魔将ルゼム。すぐに武器を捨てて、投降しろ！』

「それは無理だな」

僕はぼそりとつぶやいた。

魔族相手に投降しても、どうせ殺されるだけだ。無意味な呼びかけだ。

『十時間だ。十時間以内に誰も投降しなければ、どうなるか教えてやる』

そう言うと、半透明の壁に三十代くらいの男が映し出された。男はマダツ村の村人のようで、両手を縄で縛られている。男の顔は蒼白で、体が小刻みに震えていた。


ルゼムは口角を吊り上げて、村人に歩み寄る。

「ま……まさか……」

僕の口から掠れた声が漏れた。

ルゼムは胸元から黒い短剣を取り出すと、その短剣で躊躇《ちゅうちょ》なく村人の首を斬り落とした。

頭部のない村人の体が倒れ、真っ赤な血が地面を染める。

「あ……」

吐き気を感じて、僕は自分の口を右手で押さえた。

『よく聞け！　誰も投降しないのなら、これから十時間ごとに十人の村人を殺す。俺たちが百人以上の人族を捕らえていることを忘れるな！』

ルゼムの声が森の中に響き渡る。

「……そうか。人質がいることを僕たちに伝えたかったんだな。そうすれば、広範囲の攻撃魔法を使いにくくなる」

僕は深呼吸を繰り返して、心を落ち着かせる。

人族が嫌がる手を使ってくるな。投降はありえないけど、その選択のせいで誰かが死ぬことになったら、精神的に大きなダメージを受ける。

僕は半透明の壁に映ったルゼムをにらみつけた。


緑色の粉を振りかけると、僕の体が透明になった。

音を立てないようにして丸太の塀に近づき、透明なロープを使ってマダツ村に侵入する。

半壊した小さな家の陰から周囲を確認すると、見張り台の上にダークエルフがいた。

ダークエルフはメガネをかけていて、右手には杖を持っている。

あのダークエルフがつけてるメガネ……怪しいな。透明になった僕を見つけられるマジックアイテムかもしれない。

視線を下げると、見張り台の後ろに教会があった。教会の周囲でもダークエルフたちが見張りをしている。

その時、教会の扉から、ルゼムが出てきた。

「いいか。人質は絶対に逃がすなよ。ビルズ」

ルゼムは隣にいるダークエルフの男――ビルズに声をかけた。

「教会の見張りの数は倍に増やしておけ。それと、村の外にいるガラズの部隊にもダークエルフを配置しろ」

「村の外にもですか？」

ビルズの金色の目が丸くなった。

「そこまでする必要はないかと思います。人族の軍隊が動いている様子はありませんし、Sランクの冒険者がいたとしても、この村に侵入してくる可能性は低いかと」

「念のためだ。広範囲の攻撃魔法が使える水沢優樹がいる可能性があるからな」

ルゼムはカエルのように横に広がった口を動かす。

「水沢優樹は奇襲でカリーネを殺した。ドルセラも奴に殺された可能性がある。決して油断するか。

あのダークエルフ……身長は僕と同じぐらいだな。服は黒くてブーツも黒……ん、頬に刀傷がある。

僕はビルズをじっと見つめる。

村人がいるのは、あの教会で間違いなさそうだな。

ビルズはぴんと背筋を伸ばした。

「……わかりました」

るな」

「……うん。いけそうだな」

僕は透明化を解除して、変化の魔法を使用する。これは既存の魔法を僕が改良したものだ。

全身を透明な膜で包み、自分が見たものの姿を映し出せる。

僕の全身が輝き、ビルズの姿に変化した。

よし！　上手くいったみたいだ。

僕は頬に触れながら、自分の姿を確認する。

僕とビルズは体形も似てるし、これでなんとかなるだろう。

ルゼムとビルズが教会から離れて数分、僕は家の陰から出て、教会に向かって歩き出した。

周囲にいるモンスターたちはダークエルフの姿になった僕を気にする様子はない。見張り台の上にいるダークエルフも、僕から視線を外している。

さて、問題は……。

教会の扉の前には二人のダークエルフが見張りに立っていた。

「どうかされましたか？」

右側にいたダークエルフが僕に声をかけた。

僕は軽くうなずき、無言で扉を開ける。

見張りのダークエルフは不思議そうな顔をしたが、僕を止める行動は取らなかった。

ビルズのほうが立場が上なんだろう。

僕は扉を閉めて、教会の中を見回す。

そこには百人前後の村人たちがいた。老人や子供の姿が多く、頭や腕に包帯を巻いている者もいる。全員が僕の顔を見て、表情を強張らせた。

ここからは時間との勝負だな。

僕は扉の前で両手を伸ばした。

使う素材は『万能鉱《ばんのうこう》』だけでいいか。

扉の前に鉄板が具現化する。

よし！　これで少しは時間が稼げるだろう。

「代表者はいますか？」

僕の言葉に四十代の男が一歩前に出た。

「代表者ってわけじゃないが、俺がみんなをまとめてる。お前は……誰だ？　前に話した時と声が違うぞ」

「僕は水沢優樹。冒険者です」

僕は変化の魔法を解除した。元の姿に戻ると、村人たちの目が大きく開いた。

「水沢優樹って……創造魔法の？」

「はい。皆さんを助けに来ました」

その言葉に村人たちの瞳が輝いた。

「ガジャ砦の軍隊が近くにいるのか？」

四十代の男の質問に僕は首を左右に振る。

「いいえ。僕だけです」

「一人なのか……」

「そのほうがルゼムが油断しますから。と、そんなことより、捕まった人はここにいるだけですか？」

「あ、ああ。全員、教会の中に監禁されていたんだ」

「……それなら、イスを壁際に積み重ねてください」

僕は並んでいる長イスを指さす。

「どうして、そんなことを？」

「説明は後でします。急いで！」

「わっ、わかった。みんな、やるぞ」

村人たちは慌ててイスを動かし始めた。

その中に頭部に猫の耳を生やした茶髪の女の人がいた。彼女は二十代半ばぐらいで右足に包帯を巻いている。

もしかして、この人……。

僕は茶髪の女の人に声をかけた。

「もしかして、マリエルのお母さんですか？」

「……え？」

女の人は驚いた顔で僕を見つめる。

「マリエルを知ってるんですか？」

「はい。僕の仲間が安全な場所に避難させてます」

「わっ、私、マリエルの母のサーラです」

サーラは瞳を潤ませて、僕の手を握った。

「マリエルは無事なんですね？」

「はい。元気ですよ。サーラさんを心配してました」

「あ……あぁ……ありがとうございます」

サーラの白い頬に涙が伝った。

「娘には、マリエルにはいつ会えるんでしょうか？」

「皆さんをここから脱出させた後です」

僕はサーラから離れて、床に両手を向ける。

『虹水晶《にじすいしょう》』『風蟲の羽《かぜむしのはね》』『時空鉱《じくうこう》』と『龍骨粉《りゅうこっぷん》』。そしてスペシャルレア素材の『増殖魔鉱《ぞうしょくまこう》』を組み合わせて……。

教会の床に直径十メートルの魔法陣が描かれた。

「皆さん！　この魔法陣の中に入ってください」

「この中に？」

サーラが首をかしげた。

「この魔法陣は何なんですか？」

「これで皆さんをガジャ砦に転移させます。早く！」

「わっ、わかりました」

サーラと村人たちが魔法陣の中に移動する。

その時、教会の扉が開く音がして、ダークエルフたちの声が聞こえてきた。

「何だ！　この壁は？」

「わからん。ビルズ様が中にいるはずだが」

「そんなはずはない。ビルズ様は西門の前にいたぞ」

「じゃあ、さっきのビルズ様は……ニセモノ？」

「とっ、とにかく、扉の横の壁を壊せ！」

「よし！　斧を持ってくる」

気づかれたか。急がないと。

「サーラさん。マリエルは必ずガジャ砦に連れて行きますから。僕を信じて、ガジャ砦で待っていてください」

そう言って、僕は魔法陣から離れて起動の呪文を口にする。

魔法陣が青白く輝き、魔法陣の中にいるサーラと村人たちの姿が消えた。

よし！　これで人質は全員、ガジャ砦の正門の前に転移したはずだ。そこに時空鉱で印をつけていたからな。

ドンと大きな音がして、扉の横の壁が揺れた。

壁を壊し始めたな。でも、もう遅い。

僕はもう一度、透明になる粉を自分に振りかけた。僕の体が透き通る。

そして、壁際に積み重ねられた長イスの下に身を隠した。

数十秒後、ダークエルフたちが教会の中に入ってきた。その中にビルズの姿もあった。

「……バカな」

ビルズは呆然とした顔で村人たちが消えた教会の中を見回す。その視線が床に描かれた魔法陣に向いた。

「……この魔法陣で人質を転移させたのか」

「百人以上をですか？」

ダークエルフの女が驚いた声を出した。

「そんな魔法陣を短時間で描ける魔道師がいるとは思えません」

「……水沢優樹かもしれない。奴なら俺たちが知らない秘術も使えるからな」

ビルズは青黒い唇を強く噛んだ。

「くそっ！　俺の姿に化けて教会に入り込んだか」

「ビルズ様、どうすればいいのでしょうか？」

「……人族を捕まえろ。まだ森の中に隠れてる奴らがいるはずだ。そいつらを新たな人質にすれば、広範囲の攻撃魔法は使いにくくなる」

ビルズが周囲に集まっているダークエルフたちをにらみつける。

「すぐに部隊を編制して人族を捜せ！　私はルゼム様に報告に行く」

ダークエルフたちは早足で教会から出ていった。

ルゼムに報告か。なら、ビルズの後をついていけばいいな。

僕は音を立てないようにして、ビルズの後を追った。


ビルズは村の中央にある大きな屋敷に向かった。

魔族が集まっている中庭を抜けて、木製の扉を開く。

扉が閉まる前に、僕も屋敷の中に入った。

「どうした？　ビルズ」

一階の広間の奥から、ルゼムが姿を見せた。

「何やら騒がしいようだが？」

「申し訳ありません。人質に逃げられました」

「……何だと？」

ルゼムの声が低くなった。

「どういうことだ？　見張りの数は増やしたのではないのか？」

「人族が私の姿に化けて教会に潜り込んだのです。そして魔法陣で人質をどこかに転移させたようです」

「……全員か？」

「はい。見たことのない文字が描かれた魔法陣でした」

ビルズの眉間に深いしわが刻まれた。

「おそらく侵入したのは水沢優樹ではないかと」

「だろうな」

ルゼムは数秒間沈黙した。

「……ここを出るぞ。水沢優樹が広範囲の攻撃魔法を使ってくる可能性がある」

「新たに編制した部隊に人族を捜させておりますが」

「それが見つかる前に水沢優樹がここに戻ってくるかもしれん。急いで準備をさせろ！」

「わかりました！」

ビルズはルゼムに背を向け、屋敷を出ていった。

「……やってくれたな」

ルゼムは独り言をつぶやいた。

「だが、問題はない。軍隊は森の中に分散させておけばいいからな。その間に新たな人族を捕まえればいい」

そうはさせないよ。

僕は魔銃零式を手に取り、滅呪弾を装填した。

ルゼムは人質の村人を容赦なく殺した。なら、自分が殺されても文句はないはずだ。

銃口をルゼムに向けて、僕は引き金を引く。

銃声が響くと同時にルゼムの体が動いた。上半身をひねりながら、ぎりぎりで滅呪弾をかわす。

「誰だっ?」

ルゼムは金色の目で広間を見回す。

くっ！　予想以上に速いな。貴重な滅呪弾を一発ムダにしたか。

僕は唇を噛んで、壁際にいるルゼムを見つめる。

ルゼムは両手の指を組み合わせて呪文を唱える。

青い光が広間全体を照らすと、僕の透明化の効果が消えた。

やるな。魔道師タイプの魔族か。

「水沢優樹だな」

ルゼムは半球型に飛び出た目で僕をにらみつけた。

「人質といっしょに転移の魔法陣で逃げたと思っていたが、無謀《むぼう》にも俺の命を狙ってきたか」

「君は早めに倒しておいたほうがよさそうだからね」

僕はマジックネットの魔法を使用する。無数の白い糸がルゼムの体に降りかかる。

これでルゼムの動きを止められれば……。

ルゼムは新たな呪文を口にした。

一瞬で白い糸が消える。

「舐めるな！　俺は七魔将だぞ」

ルゼムは呪文を唱えながら両手の指を僕に向けた。指の先端から、青白い光線が発射される。

僕は転がりながら、その攻撃を避け、『ガム弾』を連射した。

ガム弾は当たると膨らみ、相手の動きを止めることができる。

二発、三発、四発……。

ルゼムはガム弾を避け続ける。

さすが七魔将だな。魔法だけじゃなく、スピードもとんでもない。

だけど――。

ルゼムの足が床の上で膨らんでいたガム弾を踏んだ。ルゼムの動きが止まる。

僕は『魔消鉱石《ましょうこうせき》』『夢妖精《ゆめようせい》の髪の毛』、虹水晶、魔力キノコを組み合わせて、『マジックジャミング』の魔法を使用した。

ルゼムの体が一瞬紫色に輝く。

よし！　これで……。

僕は一気にルゼムに駆け寄った。

「バカがっ！」

ルゼムは素早く呪文を唱えた。しかし、何の効果も発動しない。

「なっ、何だと！」

驚愕《きょうがく》の表情を浮かべるルゼムに向かって、僕は魔銃零式の引き金を引いた。エクスプローダー弾がルゼムの胸に小さな穴を開け、その部分が爆発する。

「があああっ！」

ルゼムは青紫色の血を流しながら、仰向《あおむ》けに倒れた。

「ぐっ……くそっ……」

ルゼムは穴の開いた胸に手を当てて、呪文を唱える。

「ムダだよ。君の呪文は封じたから、回復もできない」

僕は魔銃零式の銃口をルゼムの頭部に向ける。

「魔道師タイプなのに接近戦にも強いのは、さすが七魔将だね。でも、魔法が使えなければ、なんとでもなる」

「ぎっ……」

ルゼムは胸元から小さな小ビンを取り出す。その中には、頭部が二つあるムカデのような生物が入っていた。

召喚アイテムか。

僕は魔銃零式を振り下ろした。銃口が小ビンに当たり、その小ビンが床を転がる。

「あ……う……」

ルゼムの顔から、だらだらと汗が流れ出した。

「他に取れる手はなさそうだね」

「たっ……助けてくれ！」

ルゼムが叫んだ。

「もう人族には手を出さん。約束する」

「君を助ける気はないよ」

僕は引きつった顔をしているルゼムを見下ろす。

「君は人質を容赦《ようしゃ》なく殺したし、十時間ごとに十人の村人を殺すと宣言した。あの言葉を聞いた時から、君だけは必ず殺すって決めていたからね」

「あ……」

ルゼムの顔から多量の汗が流れ落ちる。

「君の体は特別頑丈ってわけじゃなさそうだ。これなら通常弾で十分か」

「待てっ！　俺を殺したら……」

僕は喋っているルゼムに向けて、魔銃零式の引き金を引いた。

銃声が響き、ルゼムの額に穴が開いた。

「ががっ……ごっ……」

ルゼムは大きく口を開いたまま、絶命した。

「これで二人目か……」

そうつぶやくと同時に扉が開き、角の生えた魔族が広間に入ってきた。

「貴様っ！　誰だ？」

魔族は腰に提げた短剣を引き抜いた。

「人族だ！　人族がいるぞ！」

その声が聞こえたのか、他の魔族たちも広間に入ってくる。

「ここまでだな」

僕は転移の魔法を使用した。

一瞬で僕は森に転移する。

目の前に浮かんでいた森クラゲを見て、ふっと息を吐き出す。

七魔将筆頭のラムフィスも倒せたら完璧だったんだけど、仕方ないか。あそこで粘り続けるのは危険過ぎる。

「優樹くん」

近くの穴から、由那が顔を出した。

「おかえりなさい。ケガは……ないみたいだね」

「うん。人質の村人も全員ガジャ砦に転移させたよ。マリエルのお母さんもね」

「お母さん？」

マリエルがまぶたをこすりながら穴の中から出てきた。

「お母さんどこ？」

「安全な場所にいるよ」

僕はマリエルの頭を撫でた。

「じゃあ、僕たちもクロたちと合流してガジャ砦に行こうか」

マリエルを抱き上げて、僕と由那は森の中を歩き出した。

◇　◇　◇

ガジャ砦に入ると、すぐにサーラが走り寄ってきた。

「マリエルっ！」

サーラは瞳を潤ませてマリエルを抱き締めた。

「よかった。本当によかった」

「お母さん、お母さん」

マリエルはサーラの胸に頭を当てて、ぐりぐりと動かす。

その光景を見て、僕の頬が緩む。

サーラを助けられてよかったな。マリエルの悲しむ顔は見たくなかったし。

「優樹くん」

神龍の団のリーダー、リクロスが僕に声をかけた。

「七魔将のルゼムを倒したようだね」

「えっ？　何で知ってるんですか？」

「マダツ村の近くには僕たちの団員が潜伏して情報収集しているからね。さっき遠話の魔法で報告があったんだよ」

リクロスは白い歯を見せた。

「モンスターの軍隊はマダツ村から撤退したよ」

「撤退？　逃げたんですか？」

「ああ。残った七魔将筆頭のラムフィスが判断したみたいだ。この状況じゃ、王都を攻めるのは難しいってね」

「じゃあ、ガジャ砦が攻められることもないんですね？」

「そうなるね。これで神龍の団の仕事も終わりってことさ」

リクロスは目を細める。

「結局、君だけで五万以上の軍隊を退けたね」

「僕だけじゃありません。由那、クロ、ミルルがサポートしてくれたから、ルゼムを倒せたんです。みんな強いし、信頼できる仲間なんです」

「ははっ。たしかにそうだね。君たちは最強のパーティーだよ」

リクロスは笑いながら、僕の肩に触れる。

「とりあえず、二階の広間に行こう。みんな、主役の君たちを待ってるよ」

「主役……ですか？」

「当然だろ。君たちは七魔将のドルセラとルゼムを倒した功労者なんだから」

呆れた顔をしてリクロスは僕を見つめた。


その後、僕、由那、クロ、ミルルは二階の広間で大勢の人々に囲まれることになった。

ガジャ砦の隊長は涙を流して、僕に何度も頭を下げた。どうやら、負け戦だと思っていたようだ。

周りには多くの兵士と近くの村から避難してきた村人がいて、全員が僕たちを見ている。

彼らの声が僕の耳に届いた。

「まさか、七魔将を二人も倒すとはな。とんでもないパーティーだ」

「ああ。特に水沢優樹は一人でマダツ村に潜入して、ルゼムを倒したらしい。しかも百人以上の村人たちを逃がして」

「そんなことができるのか？」

「できたから、俺たちは戦わずに勝てたんだ。まさに英雄だよ」

賛辞の言葉に僕の顔が熱くなった。

うーん。こういうのは、ほんと苦手だな。どんな顔していればいいのか、わからないや。

僕の頬がぴくぴくと動いた。

「くっくっくっ」

隣にいたミルルが変な笑い声を出した。

「また、勝利してしまったにゃ。ミルルのパーティーは無敵だにゃ」

「調子に乗るなよ」

クロがぼそりとつぶやく。

「創造魔法を使える優樹がいたから、ドルセラとルゼムを倒せたんだ」

「ミルルだって、いろいろ活躍したにゃ。ヘビも倒したし、陽動の仕事もやったにゃ」

ミルルが不満げに頬を膨らませた。

「優樹だって、ミルルに感謝してるはずにゃ」

「うん。感謝してるよ」

僕はミルルの頭部の耳に触れた。

「ミルルたちがサポートしてくれたおかげで、マダツ村に潜入しやすくなったしね。本当にありがとう」

「にゃはは。やっぱり優樹はわかってるにゃ」

ぱたぱたと銀色のしっぽを振って、ミルルが胸を張った。

「まあ、これからも『杉阪牛のミルル』にまかせておくにゃ」

「ん？　何？　杉阪牛のミルルって？」

「ミルルが考えた二つ名にゃ」

「いや、二つ名は自分で考えるものじゃないんだろ？　それに杉阪牛でいいの？　狼じゃなくて牛だよ？」

「いいのにゃ。杉阪牛には狼に匹敵《ひってき》する価値があるからにゃ」

ミルルは下唇に垂れたよだれをぬぐう。

思わず僕は苦笑した。

ミルルは、どんな場所でも変わらないな。まあ、それが彼女の魅力なのかもしれない。

結局、その日は多くの人たちから話しかけられ、僕たちが転移の魔法でカラロ城に戻ったのは朝方になった。

第四章　七魔将エリナ

カラロ城の四階にある部屋で、僕はシャムサスと話をしていた。

「こんな短期間で七魔将を二人も倒すとは……」

シャムサスは呆れた顔で僕を見た。

「本当に、君は常識外の存在ですね。こんな形で魔族の軍隊を撤退させるなんて」

「ただ、七魔将筆頭のラムフィスは倒せませんでした」

「それは欲張り過ぎです。軍を指揮するルゼムを倒しただけで、最高の結果と言っていいでしょう。これで魔族の軍が王都を攻めることは、ほぼ不可能になりましたから。そして、こちらも安心して、最果ての大迷宮に軍を進めることができます」

「増援の部隊の状況はどうなってますか？」

「もうすぐ到着する予定ですね。冒険者たちは到着したのが二割ぐらいでしょうか。残りはもう少しかかりそうです」

シャムサスは机の上に置いてある冒険者のリストをちらりと見る。

「今回はDランク以上の冒険者を集めていますから、大きな戦力になるでしょう」

「僕は何をすればいいんですか？」

「君は少し休んでください」

シャムサスは笑いながら僕の肩に触れた。

「回復薬を使っていても、疲れが全てとれるわけではありません。君は働き過ぎですよ」

「働き過ぎですか？」

「ええ。二、三日はこの城でゆっくりと休んでください。それぐらいの時間はありますから」

「ゆっくり休む……か」

たしかに少し疲れてるかもしれないな。昨日もあまり寝てないし。

「わかりました。何か問題が発生したら、いつでも声をかけてください」

そう言って、僕はシャムサスに頭を下げた。


その日の午後、僕はあてがわれた三階の部屋でベッドに寝転んでいた。

大きくあくびをしながら、目をこする。

この部屋に不満はないけど、やっぱり休むなら森の中に作った家のほうがいいな。

あそこなら、エアコンが効いているし、ベッドもふかふかだから。

とはいえ、わざわざレア素材の時空鉱を使って家に戻るわけにはいかないからな。時空鉱はあと十四個しかないし。

その時、扉がノックされ、誰かが部屋に入ってきた。

「あ……」

僕は上半身を起こして、入ってきたエルフの女騎士を見つめた。

「ティレーネさん？」

自分の声が驚きで高くなった。

ティレーネはダホン村のフラウ家に仕える騎士だ。髪は淡い金色で左右の耳はぴんと尖っている。

見た目は十代後半ぐらいで、白銀の鎧を装備していた。

「どうして、ティレーネさんがここに？」

「魔王ゾルデスの討伐部隊に志願したのだ。これでもBランクの冒険者の資格があるからな」

ティレーネは端整な唇を動かして、僕の質問に答えた。

「いや、でも、ティレーネさんはフラウ家の騎士で……」

「これはシャロット様の願いでもある。少しでも優樹に恩を返そうとな」

ティレーネは僕の手を両手で握った。

「優樹……お前はダホン村を救ってくれた。そして、今は魔王ゾルデスを倒そうとしている。異界人のお前が」

「それは僕の恩人のアコロンの願いだから」

「ならば、私の恩人は優樹だ！　だから、お前の助けになりたい」

ティレーネの緑色の瞳が揺れた。

「何人もの七魔将を倒している優樹から見たら、私は弱い騎士なのだろう。だが、それでもお前の役に立ちたい！」

「ティレーネさん……」

数秒間、僕とティレーネは見つめ合った。

エルフの冒険者には何度か会ったことがあるけど、ティレーネは、その中でも特に綺麗だ。騎士なのに体形はすらっとしてて、肌もきめ細かくて。それに宝石のように輝く緑色の瞳と薄く整った唇。人にはない魅力がある。

「ちゅーするのかにゃ？」

突然、聞き覚えのある声がした。

視線を動かすと、扉の前にミルルが立っていた。

「みっ、ミルルっ！」

僕の頬がぴくぴくと動いた。

「何、言ってるんだよ。話してただけだから」

「そうかにゃあ？　いい雰囲気だった気がするにゃ」

ミルルは僕とティレーネを交互に見つめる。

「まあ、三番目の恋人にエルフを選ぶのもありにゃ」

「えっ？　三番目って何？」

「一番目の恋人が由那って意味にゃ」

「それなら、二番目がティレーネさんになるんじゃ？」

「何言ってるにゃ。二番目はミルルにゃ。だから、三番目がこのエルフなのにゃ」

ミルルはティレーネのくびれた腰を軽く叩く。

「名前は何て言うのかにゃ？」

「あ……私はティレーネだ」

ティレーネは自分の名前を口にした。

「ダホン村のフラウ家に仕えている騎士で、冒険者の資格も持っている。Bランクだが」

「ふむふむ。ミルルはSランクで優樹の二番目の恋人にゃ。よろしくにゃ」

「いやいや。二番目とか三番目とかないから」

僕はぶんぶんと首を左右に振った。

「第一……まだ、由那が僕の恋人ってわけじゃ……ないから」

「んっ？　由那が恋人じゃない？」

ティレーネが首をかしげた。

「それはどういうことだ？　お前と由那はお互いに好意を持っていると思っていたが」

「いや、いろいろ事情があってさ。由那の好意がホンモノなのかどうか」

「はぁ？　ホンモノに決まってるだろう」

ティレーネの金色の眉が吊り上がった。

「由那と知り合って、まだ日は浅いが、彼女が優樹を愛しているのは、すぐにわかったぞ」

「同意にゃ」

ミルルが胸元で腕を組んでうなずいた。

「由那は優樹を見てる時、目をうるうるさせてるからにゃ。あれは恋する乙女の目なのにゃ」

「そうなの？」

「そんなこともわからないなんて、優樹はダメダメにゃ。冒険者ランクはSランクだけど、恋愛ランクはFランクだにゃ」

「うーん……」

たしかに由那が僕に好意を持っているのは間違いないと思う。でも、それが恋愛的なものなのかどうかが自信ないんだよな。サキュバスの血のせいで由那の感情が普通じゃないのかもしれないし。

それにしても、ミルルとティレーネは二番目、三番目の恋人でも平気なのかな？　まあ、元の世界でも一夫多妻を認めてる国があるし、それが当たり前の世界に育っていたら、恋愛の考え方も違うのかもしれないな。

「しょうがないにゃあ」

勉強がわからない生徒を見るような目つきをして、ミルルがため息をついた。

「恋愛経験豊富なミルルが優樹にいろいろ教えてあげるにゃ」

「そんな風には全然見えないけど……」

僕はぼそりとミルルに突っ込みを入れた。

増援の部隊がカラロ城に到着し、城の中が慌ただしくなった。多くの兵士が動き回り、七つある倉庫に多くの食料が運び込まれた。

国から依頼を受けた冒険者たちも次々と入城し、五つの部隊に分けられていた。ティレーネは第五部隊に所属したことを後で教えてもらった。

カラロ城の最上階から夕陽に染まる砂漠を見ていると、シャムサスの直属の部下である赤毛の女騎士、ミリア百人長が姿を見せた。

「優樹殿、出発の日時が決まりました。五日後の夕方です」

「夕方からですか？」

「ええ。砂漠を進むことになりますから。夜のほうが移動がしやすいんです」

ミリア百人長は西の砂漠に視線を向ける。

「優樹殿は白薔薇の団といっしょに行動していただきます。位置はシャムサス様の護衛部隊の後方です」

「先頭近くじゃないんですね？」

「はい。敵が優樹様を狙ってくる可能性がありますし。それに状況によっては、シャムサス様の指示で動いてもらわないといけませんから」

「最果ての大迷宮まで、七日ぐらいかかるんですよね？」

「途中のオアシスで一日休憩しますので、八日ですね。とはいえ、これは予定で、敵の動き次第で変わりますが」

ミリア百人長が眉根を寄せる。

「優樹殿がルゼムとドルセラを倒したので、残りの七魔将は四人です。ラムフィスは王都の北にいますし、ガディアムは最果ての大迷宮から出てこないでしょう。となると、私たちの進軍を止めるのは……」

「霧人とエリナですね」

僕は元クラスメイトの名前を口にした。

「はい。どちらも危険な相手です。姫川エリナは死霊術を使えますし、神代霧人も絶対防御という特別な能力を持っているようです」

「絶対防御か……」

僕の脳内に霧人の姿が浮かび上がる。

その能力でレオニール将軍の必殺技を防いだらしいからな。だとしたら、滅呪弾や『神痛弾《しんつうだん》』も防がれる可能性がある。無意識でも発動する能力みたいだし。

僕の手のひらに、しっとりと汗が滲んだ。

「でも、勝利するのは私たちです！」

ミリア百人長がこぶしを握り締めた。

「幻惑の軍師シャムサス様が指揮する軍に敗北はありませんから」

「……そうだね」

「はい。それに創造魔法の使い手である優樹殿もいます」

「期待に応えられるように努力するよ」

僕は唇を結んで、沈んでいく太陽を見つめた。

◇　◇　◇

五日後の夕方、シャムサスが率いる十万五千の軍隊がカラロ城より出発した。

二つの月に照らされた砂漠を真っ直ぐに西に進む。

夜の砂漠は空気が冷たく感じるな。

僕は隣を歩いていた由那に声をかけた。

「由那……寒くない？」

「大丈夫だよ」

由那は笑顔で短めのスカートの裾を指先でつまむ。

「モンスター化したおかげで寒さや暑さにも強くなってるみたいだから」

「そうなんだ？　足が出てるから……寒いのかと思ってさ」

月に照らされた由那の太股《ふともも》が視界に入り、僕の鼓動が速くなった。

「ん？　どうかしたの？」

「い、いや。何でもないよ」

僕は慌てて視線を上げた。

月明かりに照らされた太股って、すごく惹《ひ》きつけられる気がする。これも由那の魅力のせいなんだろうか？

と、そんなことを考えてる場合じゃないな。敵の奇襲の可能性もある。僕も注意しておかないと。

僕は両手で自分の頬を叩いて気合を入れた。


それから二日間、モンスターの襲撃はなく、僕たちは予定通りに進軍を続けた。

そして、三日目の朝、朝食の最中に僕はシャムサスから呼び出された。

大きめの白いテントの中で、シャムサスが口を開いた。

「少しまずいことになりました」

「何があったんですか？」

「敵は城を作ったようです」

「城……ですか？」

「ええ。しかもオアシスを囲むように」

シャムサスは尖った耳に触れながら、言葉を続ける。

「砂漠の中の城など迂回《うかい》すればいいのですが、オアシスを使えなくなるのは問題です」

「つまり、その城を落とさないといけないわけですね？」

「そうですね。水の補給は軍にとって重要ですから」

「……その城に霧人とエリナがいるんですか？」

「それはわかりません。ただ、斥候の情報だと、城を守るモンスターの多くがスケルトンのようです。つまり、ネクロマンサーの能力を持つ姫川エリナがいる可能性は高いでしょう」

「エリナか……」

多くのスケルトンを生み出せる能力がエリナにあるのなら、戦争においては霧人より危険かもしれない。こんな短期間に城を作れたのも、スケルトンを利用したからだろうし。

「そこで優樹さんに一つお願いがあります」

シャムサスは真剣な目で僕を見つめた。

「オアシスの城にいるモンスターの数は五万を超えている可能性があります。そうなると、直接戦えば、勝ってもそれなりの犠牲が出るでしょう。だから、優樹さんの創造魔法で一気に勝負をつけたいんです」

「……僕は何をすればいいんですか？」

「一部で構いません。城の壁を壊してもらいたいんです。できますか？」

「できると思います」

僕は即答した。

「壁の材質と厚みの問題はありますが、通常程度の壁なら壊す魔法は創造できます」

「ならば、準備をしていてください。明日、城を落として、オアシスを取り戻します！」

シャムサスは、きっぱりと言い切った。

◇　◇　◇

薄暗い城の最上階で、エリナは巨大な鏡の前に立っていた。

その鏡は遠くにいる人物を映し出すマジックアイテムだった。鏡の中には七魔将筆頭のラムフィスの姿が映っている。

「で、優樹くんが、そっちにいたのは間違いないのね？」

エリナの質問に、鏡の中のラムフィスがうなずいた。

「うん。見事にやられたよ。ルゼムとドルセラを殺されて、王都を攻めるのは難しくなった」

ラムフィスはため息をついて、銀色の巻き毛に触れる。

「水沢優樹は転移の魔法でそっちに戻っている可能性が高いよ。気をつけて」

「大丈夫。私が作った城が落ちることはないから」

「それはどうかな？　人族の軍隊の指揮をしてる軍師は相当頭がいいって、ルゼムが警戒していたよ。幻惑の軍師って呼ばれてるとか」

「頭がいいのは間違いないでしょうね。あっという間にカラロ城が落とされちゃったし。でも……」

エリナの唇の両端が吊り上がった。

「勝つのは私だよ。それだけの準備もしてるしね」

「それなら楽でいいんだけどね」

ラムフィスは、ふっと肩をすくめる。

「じゃあ、僕も軍をまとめて、そっちに向かうから」

鏡の中に映っていたラムフィスの姿が消えると、エリナはぺろりと舌を出した。

「ラムフィスが来る頃には、人族の軍隊は全滅してるから」

「あの軍師を甘く見ないほうがいいよ」

部屋の隅にいた霧人が口を開いた。

「戦闘力があるとは思えないけど、軍の指揮力は君より圧倒的に上だと思うよ」

「圧倒的ねぇ」

エリナは目を細めて、霧人に歩み寄る。

「それって、完璧超人の霧人くんより上ってこと？」

「そうだね。僕は自分だけで動くほうが性《しょう》に合ってるし」

「ふーん。じゃあ、私がその軍師が率いる人族の軍を全滅させたら、私は霧人くんより頭がいいってことだね？」

「かもしれないね」

霧人は抑揚のない声で答えた。

「ふふっ、霧人くんは相変わらず、感情が乏しいよね。欲望もなさそうだし」

「問題あるかな？」

「ううん。そのほうが助かるよ。ここで活躍すれば、私が七魔将のナンバー2になれると思うし」

エリナは人差し指で霧人の胸を突く。

「ってわけで、今回の主役は私。カラロ城に霧人くんが潜入した時は私が手伝ったんだから、文句はないよね？」

「文句はないけど、僕は何もしなくていいの？」

「……そうね。霧人くんの軍は北の草原の近くで待機しててもらえるかな。私が人族の軍を全滅させた後、一気にカラロ城を奪還する予定だから。その時に活躍してもらうよ」

そう言って、エリナは霧人の耳元に唇を寄せた。

「まっ、人族の軍がここに来るまで、もう少し時間がかかるだろうし、その時間は二人で楽しまない？」

「楽しむって？」

「わかってるでしょ？　二人で気持ちいいことしようって言ってるの」

半開きになったエリナの唇の中で、ピンク色の舌が動いた。

「霧人くんが望むこと、何でもしてあげる。どんなことでも……」

「そんな気はないよ」

「……やっぱダメか」

霧人は表情を変えることなく、エリナに背を向けて部屋から出ていった。

エリナはふっと息を吐く。

「かといって、アレを使うわけにもいかないしなぁ」

――まあいいや。本命は創造魔法が使える優樹くんのほうだから。

「ただ、問題は私の罠で優樹くんが死んじゃうことか」

数秒間、エリナは考え込んだ。

――その時はしょうがないか。運が悪かったってことで。

「まっ、優樹くんがスケルトンにやられるとも思えないし、大丈夫でしょ」

ペンダントの宝石に触れながら、エリナは唇の両端を吊り上げた。

◇　◇　◇

砂漠の丘陵《きゅうりょう》を越えると、巨大な黒い城が見えた。

その城は四方の壁が高さ十五メートル以上あり、その周囲には、多くのスケルトンが動き回っている。

「スケルトンの数は三万以上だな」

隣にいたクロがつぶやいた。

「城を攻めるには、まず、外のスケルトンを倒すしかなさそうだ」

「むしろ好都合ですよ」

ミリア百人長が言った。

「これで城を守るモンスターの数は少なくなります。上手く壁を壊して中に入れば、一気に城を落とせるはずです」

「その作戦はいつ実行すればいいの？」

「遠話の魔法でシャムサス様から指示が来るはずです。まずは予定通りに、私たちは南側に移動しましょう」

「わかった」

僕、由那、クロ、ミルル、ミリア百人長は陣を敷いている兵士たちの間をすり抜けて、南に移動する。

一時間後、城の四方を囲んだ兵士たちが同時に声をあげた。

「アクア国のために！」

「レグス王のために！」

「我らの未来のために！」

「うおおおおっ！」

兵士たちの雄叫びが戦場に広がっていく。

シャムサスが右手を上げると、兵士たちは一斉に動き出した。

「敵はスケルトンだけだぞ！　たいして強くはない！」

千人長らしき体格のいい男が叫んだ。

「陣を崩さずに確実に倒していけ！」

「おおおっ！」

兵士たちはスケルトンに向かって剣を振り下ろす。

骨が砕ける音がして、スケルトンが次々と倒される。

状況は悪くないな。

僕は視線を動かして、戦況を確認する。

人族の軍は百人長や千人長の指示で、集団で戦っている。逆にスケルトンたちは個々で動いているから、横陣もすぐに崩されている。昼間の戦いだから、スケルトンの力も弱くなってるし。

「いい感じにゃ」

ミルルが僕の隣で腕を組んだ。

「この調子なら、優樹の魔法を使わなくても城を落とせそうにゃ」

「……うん。さすがシャムサスだよ。奇策だけじゃなく、正攻法の戦いでも隙がない」

「ってことはミルルたちの出番はないのかにゃ？」

「いや、あるんじゃないかな。犠牲を少なくして城を落としたいみたいだから」

「ふっふっふっ。やっと杉阪牛パンチのお披露目《ひろめ》ができそうにゃ」

ミルルはぐるぐると右手を回した。

「残りの七魔将と魔王ゾルデスは、杉阪牛パンチで倒してやるにゃ！」

「普通に武器を使え！」

クロが突っ込みを入れた。

「優樹から作ってもらった短剣があるだろ？」

「あ、そうだったにゃ」

ミルルは腰に提げていた短剣を引き抜いた。

その短剣は僕がレア素材を組み合わせて作ったものだ。特別製の刃は白色に輝いていて、柄には宝石が埋め込まれている。

「この光属性の武器『聖剣《せいけん》ミルル』があれば、スケルトンなんて楽勝で倒せるにゃ」

「自分の名前を武器につけたんだ？」

僕の質問にミルルがうなずいた。

「そうにゃ。魔王ゾルデスを倒した武器として、語り継がれることになるからにゃ。吟遊詩人もかっこいい歌にしてくれるにゃ」

「吟遊詩人か……」

王都の広場で吟遊詩人が僕を題材にした歌を歌っているのを聴《き》いたな。

あれは恥ずかしかった。優樹、優樹って僕の名前を連呼されるし。

「あれ？」

由那が首をかしげた。

「人族の陣が下がっていくよ。どうしたのかな？」

「予定通りの作戦ですよ」

ミリア百人長が言った。

「ああやって、スケルトンを城から離して、その間に私たちが城に接近するんです」

「あ、そうなんだ。じゃあ、負けてるわけじゃないんだね」

「はい。安心してください。戦況は圧倒的に有利ですから」

ミリア百人長は笑みを浮かべたまま、遠くで指揮を執っているシャムサスの姿を見つめた。

◇　◇　◇

「圧倒的に有利だと、思っているでしょうね」

エリナが東側の壁の上で笑った。

――たしかに、人族の軍師の指揮は完璧ね。兵士たちもスケルトンと違って、集団での戦い方を身につけている。

「これが戦争ってことね。素人の私の指揮じゃ、どうにもなりそうにないかな」

「エリナ様」

見た目が十歳ぐらいのダークエルフが心配そうな顔をして、エリナに歩み寄った。

「このままで大丈夫なのでしょうか？　外にいるスケルトンが倒されたら、まずいのでは？」

「そうね。城に入られたら、ちょっとまずいかな」

そう言いながら、エリナはダークエルフの尖った耳に触れる。ダークエルフの少年の顔がみるみる赤くなった。

「でも、ここまでの状況は問題ないよ」

「何か作戦があるのでしょうか？」

「とっておきの作戦がね」

エリナはダークエルフから離れて、ペンダントの宝石に触れた。紫色の宝石の中には黒い煙のようなものが漂《ただよ》っている。

「この宝石には、私が殺した生物から奪った生命エネルギーが込められているの」

「生命エネルギーですか？」

「そう。それを魔力に変換して、準備してた秘術を発動させるわ」

エリナの握ったペンダントが紫色の光を放った。

その光が広がり、青空を紫色に変えた。一気に周囲の景色が暗くなる。

「これからだよ」

エリナがそう言うと、四方にいる人族の軍隊の背後から、無数のスケルトンが現れた。

スケルトンたちは円を描くように人族の軍隊を囲む。

「これで兵の数もこっちが四倍以上多くなった」

エリナの唇が裂けるように広がった。

「さあ、私のスケルトンたちよ！　人族に絶望と恐怖を与えなさい！」

スケルトンたちが人族の兵士たちに襲い掛かった。

◇　◇　◇

背後に出現した大量のスケルトンに、ミリア百人長の顔が青ざめた。

「そんな……。こんなに多くのスケルトンがいたなんて」

「まずいぞ」

クロが周囲を見回しながら言った。

「スケルトンの力が強化されてる。多分、紫色の空のせいだ。昼を夜に変える効果があるんだろう」

「夜のほうがスケルトンは強くなる……か」

僕は兵士たちと戦っているスケルトンたちを見つめる。

クロの言う通りだ。さっきまでと違ってスケルトンの力が増している。

僕たちの背後にいた兵士たちにもスケルトンが攻撃を仕掛けていて、怒声と悲鳴が聞こえてくる。

これはよくないな。包囲攻撃で人族の陣も崩れ始めている。全滅する可能性もあるぞ。

僕の背中に冷たい汗が滲んだ。

「まずいにゃ！」

ミルルが僕の上着を掴んだ。

「どこもかしこもスケルトンだらけにゃ。ミルルたちはどこで戦ったらいいのにゃ？」

「待ってください！」

ミリア百人長が頭部に生えた耳を手で押さえた。

もしかして、遠話の魔法で何かの指示が来たのか？

「……はい……はい。わかりました！　すぐに伝えます！」

ミリア百人長は僕に視線を向けた。

「優樹殿、シャムサス様より指示がありました。今から、すぐに作戦を実行してください」

「この状況で逃げるんじゃなくて城を攻めるの？」

「はい。スケルトンを操っている死霊使い、姫川エリナを倒すほうが犠牲も少なくなると判断されたようです」

「わかった！」

僕は腰に提げていた革ケースから魔銃零式を引き抜いた。

「みんな、行くよ！」

「了解にゃ」

「護衛はまかせて」

「俺が前衛をやる」

ミルル、由那、クロが同時に答えた。

僕たちは城に向かって走り出した。

僕たちはスケルトンを倒しながら、城に近づく。

周囲にはミリア百人長が指揮する数百人の兵士がいて、僕たちを守るようにスケルトンと戦っている。

「優樹殿！」

ミリア百人長が僕に駆け寄ってきた。

「私たちの後方にシャムサス様が編制した精鋭部隊がいます。彼らが城の中に潜入して、姫川エリナを倒します！」

「そいつらは強いのか？」

クロがミリア百人長に質問した。

「Aランクの冒険者レベルの兵士が五人以上、Bランクレベルもたくさんいます！」

「ならば期待できるな」

クロは近づいてきたスケルトンの首を長く伸ばした爪で切断した。

頭部がなくなったスケルトンが横倒しになり、バタバタと手足を動かしている。

「俺もエリナを狙う。優樹は魔族たちを殺せ！」

「……うん」

エリナが僕の元クラスメイトだから、クロは気を遣《つか》っているんだな。

ありがとう、クロ。

僕はクロに感謝しながら、魔銃零式の引き金を連続で引く。

エクスプローダー弾が三体のスケルトンの頭部に命中し、爆発した。

城の壁まで残り五十メートルちょっとか。

「由那っ！　壁の近くにいるスケルトンを倒して！」

「わかったっ！」

由那は巨大な斧を振り回して、襲い掛かってくるスケルトンたちを倒しまくる。

よし！　これでいける！

白い砂を蹴りながら、僕は必死に走る。

そして、右手を伸ばして黒い壁に触れた。

この素材は……『黒鉄鉱《くろてっこう》』みたいだな。それなら……。

僕はダールの指輪の中に収納している素材を組み合わせる。

『王魔水《おうますい》』『オレンジスライムの欠片《かけら》』『変化《へんげ》の砂《すな》』、魔力キノコ、星水晶を組み合わせる。

これで『物質変換』の魔法を発動する。

黒い壁に触れていた僕の右手が虹色に輝き、その光が黒い壁を白く変えていく。

そして――。

白く変化した壁がガラスが割れるような音とともに砕け散った。

「やったにゃ！」

ミルルが瞳を輝かせて、僕に抱きついた。

「さすが優樹にゃ。ご褒美《ほうび》にミルルのしっぽに触っていいにゃ」

「そんなことをやってる時間はないよ。早く城の中に入って！」

僕は仲間たちといっしょに壁の穴を進む。

穴を抜けると、目の前に青いオアシスがあった。その奥に黒鉄鉱で作られた城が見える。城の上部には橋がかかっていて、四方の壁と繋がっていた。

あの中にエリナがいるはずだ。

「侵入者がいるぞ！」

額に角を生やした魔族が僕たちを指さした。

「奴らを殺して、穴を塞げ！」

魔族の声に反応して、オークが僕たちに近づいてくる。

その時、背後の穴から、銀の鎧を装備した二十代後半の男が姿を現した。

男の髪は黒色で、すらりとした体形をしている。

「優樹殿。精鋭部隊隊長のリクソン千人長です」

リクソン千人長は僕を守るように前に出て、青白い刃のロングソードを構える。

「ここからは俺たちもいっしょに戦います。使える奴らばかりですから、ご安心を」

穴の中から次々と兵士が現れ、オークたちと戦い始めた。兵士たちはマジックアイテムらしき武器を装備していて、人族より大きなオークたち相手に優位に戦っている。

さすが精鋭部隊だな。一般の兵士よりも戦闘力が一ランク以上、上だ。

「優樹殿！」

ミリア百人長が僕に体を寄せた。

「私は外からスケルトンが入ってこないようにこの場所を守ります！　少しでも早く姫川エリナを倒してください！　彼女を倒せば、スケルトンは弱体化するはずです！」

「わかった！　気をつけて」

僕、由那、クロ、ミルルは城に向かって走り出した。


城の中は薄暗くがらんとしていた。装飾品も家具もなく、黒いタイルが敷き詰められている。

エリナがいるとしたら上の階か。

その時、階段から、数十人のダークエルフが下りてきた。ダークエルフは全員が黒い鎧を装備していて、手には短剣を持っている。

「人族どもを殺せ！」

ダークエルフたちが僕たちに襲い掛かった。

「俺たちを舐めるなよっ！」

クロの爪が長く伸び、紫色に輝いた。

近づいてきたダークエルフの攻撃を余裕で避け、右手の爪を振る。

ダークエルフの首筋から青紫色の血が噴き出した。

「ミルルもいるにゃ！」

ミルルが低い姿勢でダークエルフに突っ込み、短剣を斜め下から振り上げる。

黒い鎧がすっぱりと斬れ、ダークエルフが床に倒れた。

その背後から、三人のダークエルフがミルルに突っ込んできた。

「させないっ！」

由那が三人のダークエルフの前に立ち、巨大な斧を真横に振った。

三人のダークエルフの体が吹き飛び、黒い壁に激突する。

「くっ！　まともに攻めるな！　奴らを取り囲んで……」

指示を出しているリーダーらしきダークエルフに向けて、僕は魔銃零式の引き金を引いた。

銃声が響き、ダークエルフの額に穴が開いた。

「があっ……」

ダークエルフは口を大きく開けたまま、仰向《あおむ》けに倒れた。

数十秒の攻防でダークエルフたちの数は半数に減った。

僕たちは残りのダークエルフを倒しながら、二階に上がる。

二階もがらんとした広間だった。

即席で作った城だけあって、何もない……あ……。

広間の奥に黒い服を着た茶髪の女――エリナがいた。

エリナは僕と視線を合わせると、口角を吊り上げた唇を開いた。

「久しぶりね。優樹くん」

エリナはセミロングの髪をかき上げながら、数歩前に出る。

「わざわざ会いにきてくれて嬉しいな」

「僕は会いたくなかったけどね」

僕は魔銃零式の銃口をエリナに向ける。

「早速だけど、降伏してもらえるかな」

「それは無理かな」

エリナは肩をすくめた。

「こっちのほうが圧倒的に有利な状況だしね」

「圧倒的じゃないと思うよ。ここで君を殺せば、スケルトンは弱体化するだろ？」

「倒せればでしょ」

その時、クロが動いた。

一瞬でエリナに近づき、紫色に輝く爪を突き出す。

エリナの胸に爪が突き刺さり、彼女は仰向けに倒れた。

「会話の途中で悪かったな」

クロが倒れているエリナを見下ろす。

「だが、ここは戦場だ。文句はないだろう……んっ？」

倒れているエリナの体がどろどろに溶け出した。黒い煙があがり、周囲に肉の焼けた臭いが漂ってくる。

「これは……」

「人間の死体に私の血を混ぜて作った特別なゾンビだよ」

柱の陰から別のエリナが現れた。

エリナは白い歯を見せながら、僕たちに近づく。

「この通り、オリジナルの言葉を喋らせることができるのがいいんだよね」

「つまり、ここにいる君もゾンビってことか？」

僕の質問にエリナはうなずいた。

「あなたの銃は危険だからね。その銃で大我《たいが》くんは能力が使えなくなったみたいだし」

「……ホンモノの君はどこにいるのかな？」

「この城のどこかにはいるよ。でも、捜すのは大変かもね。私の姿をした特別なゾンビは十体以上いるから」

エリナは左右の両手を広げて微笑する。

「私を捜している間に、外にいる人族の軍が全滅するんじゃないかな。戦力差は圧倒的だし」

「それはどうかな？　幻惑の軍師シャムサスは無敗らしいよ。そう簡単に軍は崩れないと思うけど？」

「そうね。でも、こっちは人族の軍の数を減らすだけでも問題ない。スケルトンは新たに死んだ兵士からも作れるしね」

「……君は何を考えてるの？」

僕はエリナに近づいた。

「魔族の仲間になって、たくさんの人族を殺して。それが君がやりたいことなの？」

「人を殺したいわけじゃないよ。私は快楽殺人鬼じゃないし」

「それなら、どうして？」

「魔族についたほうが、私の望みが叶いやすいからかな」

エリナは上唇を舐めた。

「ねぇ、優樹くんは知ってる？　この世界には不老不死の秘薬や若返りの秘薬があるってこと？」

「聞いたことはあるよ」

「それって、すごいことだと思わない？　永遠に美しいまま、生きることができるんだよ」

「それが君の望みか」

「他にもいっぱいあるけどね。女王になって黄金の城に住むとか」

エリナは僕に顔を近づけた。

「ねぇ、優樹くんもその城に住んでみない？　ダークエルフの女をいっぱい抱けるよ。もちろん、私も……」

「そんな誘惑、優樹くんには通じないよ」

僕の後ろにいた由那が口を開いた。

エリナの視線が由那に移動する。

「そういえば、あなたもいたのね。元気だった？」

「うん。優樹くんのおかげでね」

「……ふーん。ほんと、あなたって運がいいよね」

「運がいい？」

「そう。幼馴染みが創造魔法を使えるようになってさ。毎日、ビッグマグドや牛丼を食べているんでしょ」

「それだけじゃないよ。クリームパスタにカレーライスも食べたし。あ、杉阪牛のステーキも食べさせてもらったかな」

由那の言葉にエリナの表情が強張った。

「……へぇ。それはすごいわね。抱かれるだけの価値があるってことか」

「そんなことが目的で抱かれたりしないから」

「ふーん。そうやって、純真さを武器にするのね」

エリナはわずかに目を細めて、由那を見つめる。

「やっぱり、あなたとは合わないなぁ」

「そうだね。私も今のあなたとは仲良くしたくない」

「同感ね」

そう言うと、エリナは素早く右手を動かした。いつの間にか、その右手に小さなナイフが握られている。鋭いナイフの先端が由那の顔に刺さる寸前、由那はエリナの真横に移動して、巨大な斧を振り下ろす。

エリナの体が真っ二つになり、どろどろに溶け始めた。

「あら、残念」

唇が溶け歯茎《はぐき》だけになったエリナの口が動く。

「まあ、いいや。あなたを殺すチャンスはいくらでもありそうだし」

エリナの眼球が僕を見た。

「由那はどうでもいいけど、優樹くんは死なない……で……ね」

エリナの顔が全て溶けて、黒い床に赤黒い液体が広がった。

「ちっ！　面倒だな」

クロが舌打ちをして城の中を見回す。

「簡素な城のようだが、隠れる場所はそれなりに多そうだ」

「うん。隠し部屋を作ってる可能性はあるね」

僕は下唇を噛む。

なかなか用心深いな。大我に使った神痛弾のことも知られていたし。

とにかく、少しでも早く本物のエリナを見つけないと。

その時、広間の黒い床が紫色に輝いた。

輝いた床から、数百体のスケルトンが現れる。

「にゃああっ！　またスケルトンにゃ」

ミルルが動き出したスケルトンに短剣の刃を向ける。

この広間にもトラップを仕掛けていたか。

カチ……カチカチ……。

スケルトンたちは歯を鳴らしながら、僕たちに襲い掛かった。

それから数十分、僕たちはスケルトンを倒しながら、城の中を走り回った。

しかし、本物のエリナは見つからない。

三階でスケルトンを指揮していたエリナはニセモノで、ミルルが倒すとどろどろに溶けた。

既に精鋭部隊のリクソンたちも城に侵入していてダークエルフやスケルトンと戦っていたが、本物のエリナは見つけられていないようだ。

まずいな。外の様子はわからないけど、人族の軍は苦戦してるはずだ。これ以上、時間をかけると、犠牲者がどんどん増えていく。

僕は唇を強く結んで三階の隅にある扉を開けた。

中は縦横十メートル程の部屋で、中央に机が置いてあった。その机の上に革製の表紙の本が置いてある。

ん？　何かのトラップの可能性があるか。

「みんなは中に入らないで」

僕は由那たちを廊下に待たせたまま、アイテム解析の呪文――『アナライズ』を使った。

この本は……マジックアイテムではないな。ただの本みたいだ。床にも……仕掛けはないか。

僕は部屋の中に入り、壁を確認する。

「ただの時間稼ぎか……」

廊下に戻ろうとした時、天井に魔法陣が浮かび上がった。

しまった！　天井に仕掛けが……。

僕の体が一瞬で洞窟の中に転移した。

僕は視線を動かし、素早く状況を確認する。

洞窟の中は広く、壁に青白く輝く石が埋め込まれていた。足元は平らで奥側にベッドと机が置いてある。

「ここは……」

「私の隠れ家だよ」

突然、背後からエリナの声が聞こえた。

振り返ると同時に、エリナが僕の首筋に赤い針を突き刺した。

僕の頭の中で女の悲鳴のような声が響いた。

これは……魔法を使えなくする効果か。それなら、この前……作った……。

僕は痛みに顔を歪ませながら、エリナから距離を取ろうとする。

しかし、足が上手く動かず、僕は横倒しになる。魔銃零式が僕の手から離れた。

「残念でした」

エリナは唇の両端を吊り上げて、僕に馬乗りになる。そして右手にはめていたダールの指輪を奪い取った。

「これで創造魔法も使えなくなったね」

「くっ……」

　僕は手足に力が入らないことに気づいた。

「さっきの……針……」

「安心して。死ぬことはないから」

　エリナは右手で僕の頬に触れる。

「ただ、少しの間、魔法が使えなくなるし、体も動かなくなるけど」

「僕を……殺す気はないって……ことか」

「もったいないからね」

　エリナはダールの指輪を放り投げた。

「私、創造魔法のこと、勉強したんだ。万能の魔法って言われてるけど、素材がなければ何もできないのよね？」

　そう言いながら、エリナは僕の上着とズボンのポケットを探った。

「……うん。他に武器も素材も持ってなさそうね。情報通り、素材は右手の指輪に収納してたってことか」

「わざわざ……調べたのか」

「当然でしょ。あなたは特別な存在なんだから」

にっこりと笑って、エリナは僕の頬に触れる。

「ずっと、あなたが一人になるチャンスを狙ってたの。あの部屋のトラップ、いいアイデアだったでしょ？」

「そう……だね。まさか、天井に仕掛けてるとは思わなかった……よ」

僕は大きく口を開けて、何度も深呼吸をする。

「でも、これから、どうするつもり？　僕は……君の仲間になる気はないよ」

「そうね。だから、優樹くんには私の奴隷になってもらおうかな」

エリナは胸元から、小ビンを取り出した。その小ビンの中にはピンク色の液体が入っている。

「これはね。特製の惚《ほ》れ薬《ぐすり》だよ」

「惚れ……薬？」

「うん。飲めば私を愛するようになる。心の底からね」

エリナはふくよかな胸元を僕に押しつける。

「感謝してよね。これ、一本しかない貴重な薬なんだから。それをあなたに使ってあげるの。光栄に思ってよね」

「そんな気持ちにはなれないよ」

頭の中で響く声が少しずつ治まってきた。

錬金術師のリクロスに使われた魔法と効果が似てるな。体のほうは、まだ動かない……か。

「無駄だよ」

エリナは目を細めて微笑した。

「体を動かすことは当分できないはずよ」

「どのぐらいで動けるようになるの？」

「人族なら、一時間ぐらいはかかるかな」

「だから、余裕なんだね。オリジナルなのに」

僕の言葉にエリナの頬が一瞬動いた。

「……どうして、私がオリジナルって思ったの？」

「貴重な惚れ薬を持ってるからかな。殺される可能性が高いニセモノには持たせておきたくないだろ？」

「正解よ。でも、それがわかったからって、今の優樹くんには何もできない。武器もないし、創造魔法を使うための素材もない。そして惚れ薬を飲めば、私に逆らおうという気持ちも起きなくなる。ふふっ」

エリナは僕の口元に小ビンを近づけた。

「じゃあ、飲んでくれるかな？」

「断るよ」

　僕はきっぱりと言った。

「僕には好きな人がいるからね」

「はいはい。由那でしょ。わかってるから」

　エリナは肩をすくめた。

「まっ、それなら、強引に飲ませることになるかな。口移しでね」

「……エリナ。聞きたいことがあるんだ」

「んっ？　何？」

「君は自分が死ぬ覚悟があるの？」

「……どういう意味？」

「僕たちのパーティーだけじゃなく、多くの兵士が君を殺そうと動いてるってことだよ」

　僕は馬乗りになっているエリナを見つめる。

「君はいつ殺されるかわからない状況なんだ。それでいいの？」

「多少のリスクは覚悟の上よ。欲しいものを手に入れるためにはね」

　エリナはぺろりと舌を出した。

「それに私が死ぬことなんて、今の状況じゃありえないし。この場所に隠れて時間を稼ぐだけでいいんだから。そうすれば人族の軍は全滅するだろうし」

「……そうか。君を説得するのは無理みたいだな」

「当たり前でしょ。私のほうが圧倒的に有利なんだから」

「それは違うよ」

「……違う？」

整ったエリナの眉が動いた。

「武器も魔法も使えないのに？」

「いや、もう使えるよ」

「あははっ！　また、そんなウソ言っちゃって。素材がないと、創造魔法は使えないでしょ？」

「素材はあるんだ。こんな時のことを想定してたから、指輪以外にも素材を収納できるアイテムを持ってるんだよ。だから、状態異常を治す魔法も、さっき使ったよ」

「状態異常を治す魔法？」

「うん。頭の中の声も完全に消えたし、体も動けるようになったかな」

「は……はは……」

笑っていたエリナが動いた。腰に提げていた短剣を素早く引き抜く。

「もう遅いよ！」

僕は特別製のブーツに収納していた予備の魔銃零式を具現化する。そしてエリナに向けて、引き金を引く。

銃声が響き、エリナの肩に小さな穴が開いた。

「かぁ……ぐ……」

エリナは肩を押さえながら、後ずさりした。

「わ、私を撃ったわね」

「説得は無理ってわかったからね」

僕は魔銃零式の銃口をエリナの胸に向ける。

「じゃあ、スケルトンに戦闘停止の指示を出してもらえるかな」

「はぁ？　そんなこと私がやると思ってるの？」

「断るのなら、君を殺すことになるよ。それでもスケルトンは弱体化するみたいだしね」

「……本気で私を殺すつもりなの？」

「そうしないと、人族の犠牲者が増えるからね」

僕は魔銃零式の引き金に指をかける。

「僕の仲間を守るためなら、人を殺しても構わない。たとえ、元クラスメイトの君でもね」

「……まっ、待ってよ」

「待てないよ。十秒以内に決めてもらう。スケルトンを止めるか、自分が死ぬか。十……九……八……七……」

「わかった。スケルトンを止めるから！」

叫ぶようにエリナが言った。

「ごまかしは通じないよ。僕には外と連絡できる手段があるから」

僕は落ちていたダールの指輪を拾い上げ、中に収納していた連絡用のイヤホンを取り出した。

エリナは悔しそうな顔をして、ペンダントの宝石に触れる。

「……ディス……デル……アグザ」

エリナが呪文を唱えると、宝石が紫色に輝いた。

僕はエリナに銃口を向けたまま、イヤホンで由那に連絡を取った。

「由那……聞こえる？」

『あ、優樹くん！』

イヤホンから由那の声が聞こえてきた。

『大丈夫なの？』

「問題ないよ。今、エリナにスケルトンを止めるように命令したから」

『あ、それでスケルトンが動かなくなったんだね』

「動かなくなった？」

『うん。精鋭部隊の人たちが動かなくなったスケルトンを倒してるよ』

「……わかった。すぐにそっちに戻るから」

僕はイヤホンのスイッチを切る。

「ちゃんとスケルトンを止めてくれたみたいだね」

「約束は守るわよ！」

エリナは両手を上げて、ため息をついた。

「で、私はどうなるの？」

「軍師のシャムサスに引き渡すよ。その後は裁判になるんじゃないかな」

「はぁっ？　逃がしてくれるんじゃないの？」

「君を逃がしたら、また、人族が死ぬだろ？」

「私が死刑になってもいいの？」

「それぐらい覚悟の上だろ。それより、武器とペンダントを渡して」

「ペンダントも？」

「それ、スペシャルレア素材の『紫《むらさき》の妖魔石《ようませき》』だろ？　大規模な秘術を使う時に必要な素材だし、溜め込んだ魔力をいろんなエネルギーに変換できる」

「……ちっ、わかったわよ」

エリナは唇を歪めて、僕にペンダントを渡した。


隠し扉を開くと、そこは一階の広間だった。

突然、壁が開いて、僕とエリナが出てきたため、近くにいた兵士たちが目を丸くしている。

「優樹殿っ！」

ミリア百人長が走り寄ってきた。

「ご無事でしたか」

「うん。エリナも捕まえたよ」

僕は紐で両手を縛っているエリナをミリア百人長に引き渡した。

「戦況はどうなってるの？」

「スケルトンが戦闘を停止したので、城を落とせました。今は抵抗している魔族や他のモンスターを掃討しているところです」

「なんとか勝てたってことか……」

「はい。我らの勝利です！」

ミリア百人長の瞳が輝いた。

「優樹殿が姫川エリナを捕らえて、スケルトンの軍を無効化したことが勝敗を決めました。感謝します」

「つまり、私のおかげってことね」

エリナが僕を見て笑った。

「感謝してよね。私がスケルトンを止めたおかげで、人族の軍が勝利したんだから」

「そんな気持ちにはなれないよ」

僕は額に浮かんだ汗をぬぐいながら、息を吐き出した。

「優樹にゃ！　優樹がいたにゃ」

ミルルが階段を駆け下りてきた。その後ろには由那とクロもいる。

みんな、ケガもしてないようだな。よかった。

「ねぇ、女騎士さん」

エリナがミリア百人長に声をかけた。

「人族の軍師はどこにいるの？」

「……なぜ、そんなことを知りたがる？」

ミリア百人長が鋭い視線をエリナに向けた。

「いや、もう城の中に入ってきてるのかな、って思ってさ」

「だから、なぜ、そんなことを知りたいのだ？」

「いやさ。城の中にいるのなら楽なんだよね。まとめてやれるからさ」

「まとめてやれる？」

「うん。殺せるって意味ね」

その時、城の上部から爆発音が聞こえた。同時に城を支えていた柱にひびが入る。

「お前、何をした？」

ミリア百人長がエリナにロングソードを向けた。

「ゾンビを使って、城を壊す仕掛けを動かしただけだよ」

エリナはピンク色の舌を出した。

ドンと大きな音がして、天井の一部が落ちてきた。それが近くにいた兵士の体を押し潰す。黒い床に血しぶきが飛んだ。

「あらら。運が悪かったわね」

「お前っ！　正気か？」

ミリア百人長のしっぽが逆立った。

「これでは、私たちだけじゃなく、お前も死ぬではないかっ！」

「そうね。でも、どうせ死刑になるのなら、こっちに賭けたほうがいいと思ってさ」

エリナの目の前に黒い破片が落ちてきた。

「まっ、みんなで死ぬのもいいかもね。ここには人族の精鋭が集まってるみたいだし」

「くっ、くそっ！　全員、城から出ろ！」

ミリア百人長がそう言うと、兵士たちが走り出す。

「優樹っ！　俺たちも逃げるぞ」

クロが僕の背中を叩いた。

「わかった。由那とミルルも急いで！」

僕たちは出口に向かって走り出した。

ひび割れていた巨大な柱がぐらりと傾き、僕たちに迫ってくる。

由那が高くジャンプして、斧を柱に叩きつけた。

柱が砕け、細かい破片が周囲に飛び散る。

「あははははっ！」

背後からエリナの笑い声が聞こえてきた。

こんな仕掛けまで準備してたのか。予想以上に用意周到だな。

僕は唇を強く噛んで城の外に出る。

数秒後、黒い城が崩れ落ちた。

白い煙が舞い、視界がぼやける。

「最後にやられたな」

クロがぼそりとつぶやいた。

「城の中には精鋭部隊の兵士たちが五百人以上はいたはずだ。そのうち逃げられたのは一階にいた兵士だけだろう」

「……うん。エリナがここまでやるとは思わなかったよ」

僕は全壊した城を見つめる。

あの状況なら、エリナは死んだはずだ。広間の中央で隠れる場所なんてなかったし。

「優樹さん」

背後から男の声が聞こえた。

振り返ると、そこにはシャムサスがいた。

「あなたは無事だったんですね。よかった」

「はい。ぎりぎりですが、城から逃げることができました」

「そうですか。それなりの犠牲が出ましたが、皆さんが無事だったのは不幸中の幸いでした」

シャムサスが眉根を寄せて言った。

「ミリア百人長、すぐに犠牲者の数を確認してください」

「はっ、わかりました」

ミリア百人長が部下の兵士たちといっしょに走り出した。

カタッ――。

城の残骸《ざんがい》の中から、微かな音がした。

全員の視線が音のした方向に向く。

「おいっ！　誰かいるのか？」

体格のいい兵士が崩れ落ちた城に歩み寄る。

突然、積み重なったがれきの中から、白い前脚が現れ、尖った爪が兵士の体を引き裂く。

呆然とする僕たちの前に、がれきを押しのけるようにして、それが全身を見せた。

それは全長三十メートルを超える巨大なドラゴンだった。

ドラゴンの体は無数の生物の骨が組み合わさってできていて、その中には多くの人族の頭部の骨もあった。

ドラゴンが体を揺らすと、頭部の骨の歯がカチカチと音を鳴らす。

「ボーンドラゴンだ」

クロが牙を鳴らした。

「再生能力がある闇属性のドラゴンだぞ。しかも規格外にでかい」

「ガアアアアアッ！」

ボーンドラゴンの口が大きく開き、黒い炎が吐き出された。

近くにいた兵士たちが炎に包まれ、悲鳴をあげる。

「下がれ！　一度下がって、態勢を整えるぞ！」

リクソン千人長が叫んだ。

僕たちもゆっくりと後ずさりする。

その時、ボーンドラゴンの赤い目が動き、視線が僕に向いた。胸元の肋骨《ろっこつ》が左右に開き、赤黒い筋肉の中からエリナの上半身が現れる。

「ふふっ、よかった。無事だったんだね」

エリナは笑いながら、僕を見下ろした。

「ちょっと心配してたんだよ。優樹くんが死んだら、どうしようってさ」

「君も生きていたんだ？」

「床に隠し部屋を作っていたからね。そして、そこに切り札も用意してたわけ」

「ボーンドラゴンか」

「しかも特別製のね」

エリナは丸太のように太いボーンドラゴンの肋骨に触れた。

「これを作るのに千年以上生きたドラゴンと五千人以上の人族の骨を使ったの。あ、魔法耐性を上げるために魔族の骨も百体以上使ったか」

「そのドラゴンを使って、まだ戦うつもりなんだね？」

「もちろんよ。ターゲットの軍師も見つけたしね」

エリナはちらりとシャムサスを見る。

「あの軍師を殺せば、人族の軍は弱体化する。そうなれば、ゾルデス討伐なんてバカな夢も見なくなるでしょ」

「そうはさせないよ」

僕が魔銃零式の銃口をエリナに向けると、赤黒い筋肉が彼女を包み込み、開いていた肋骨が元に戻った。

『さあ、始めましょう。最後の戦いを！』

ボーンドラゴンの頭部から、エリナの声が聞こえた。

「ゴアアアッ！」

ボーンドラゴンが骨だけの翼《つばさ》を広げた。その翼から、黒い粉が舞い散る。

その粉がふりかかった兵士たちが次々と倒れる。

「ボーンドラゴンの粉を吸うな！　肺をやられるぞ！」

リクソン千人長が叫んだ。

「魔道師部隊っ！　あの粉をなんとかしろ！」

杖を持った数十人の兵士たちが一斉に呪文を唱える。

ボーンドラゴンの周囲に数十個の白い球体が出現し、黒い粉を吸い込み始めた。

「よし！　ブルーノ百人長！　側面から奴にダメージを与えていくぞ！」

「おおーっ！」

分厚い鎧を装備した兵士たちが気合の声をあげて、ボーンドラゴンの側面に回り込み、マジックアイテムの槍を突き刺す。バキバキと音がしてボーンドラゴンの骨が砕けた。しかし、数秒後に、その骨が再生する。

「ゴォオオオオ！」

ボーンドラゴンは二つに分かれた巨大なしっぽを振った。十人近い兵士たちが人形のように投げ飛ばされる。

「臆《おく》するなっ！」

リクソン千人長が青白い刃のロングソードをボーンドラゴンに向ける。

「再生能力があっても、ダメージは蓄積《ちくせき》する。攻撃を続けろ！　奴を倒せば俺たちの勝ちだ！」

「うおおおっ！」

兵士たちは武器を握り締め、ボーンドラゴンに突っ込んでいく。

「僕たちも動くよ！」

僕は魔銃零式を握り締め、ボーンドラゴンに向かって走り出す。

「クロとミルルは陽動を頼む！　由那は僕のサポートを！」

そう言って、僕はボーンドラゴンに右手を向ける。

『大地《だいち》の石《いし》』『金属《きんぞく》スライムの欠片』、魔力キノコ、重魔鉱の粉を組み合わせて、『グラビティチェーン』の魔法を発動した。

漆黒の鎖が具現化し、ボーンドラゴンの体に巻きつく。

グラビティチェーンは地の属性の魔法で、対象の体を重くする。

これで兵士たちが攻撃しやすくなる……んっ？

ボーンドラゴンは無数の鎖を巻きつけたまま、走り出した。

くっ！　まだ、あんなに動けるのか。でかいだけじゃなくてパワーもとんでもないな。

「ゴガアアアア！」

ボーンドラゴンは立ち塞がる兵士たちを巨大な前脚と黒い炎で倒しながら、進み続ける。その先にはシャムサスがいた。

シャムサスを狙ってるな。もしかして、中に入っているエリナの意思でボーンドラゴンが動いているのかもしれない。

「シャムサス様を守れ！」

ミリア百人長が叫ぶと、数十人の兵士たちが横陣を作る。さらに後方の兵士たちが、炎の矢の魔法でボーンドラゴンを攻撃した。

一瞬、ボーンドラゴンの脚が止まる。

クロとミルルがボーンドラゴンの後方から攻撃を仕掛けた。

ボーンドラゴンは長い首を捻って、黒い炎を吐き出す。クロとミルルは左右に分かれて、その炎を避けた。

よし！　この距離なら正確にあの場所を狙える。

僕は魔銃零式の銃口をボーンドラゴンの頭部に向けた。

引き金を引くと同時に銃声が響き、ボーンドラゴンの赤い目にエクスプローダー弾が当たった。

一瞬の間を置いて、赤い目が爆発する。

「ガアアアアッ！」

ボーンドラゴンは黒い血を流しながら、巨体を揺らした。

「今だ！　一気に攻めろ！」

リクソン千人長が声をあげる。

「ここで勝負をつけるぞ！　出し惜しみせずに攻めまくれ！」

「おおおーっ！」

兵士たちが四方からボーンドラゴンに突っ込んだ。

「由那っ！　ボーンドラゴンの目の再生は時間がかかるみたいだ。今のうちに」

「わかった。まかせて！」

由那が地面を蹴って走り出した。ボーンドラゴンに駆け寄り、高くジャンプして背骨の上に乗る。

由那の行動を見て、クロが動いた。

ボーンドラゴンの正面に立ち、前脚の関節部分を爪で攻撃する。

ボーンドラゴンの注意がクロに向いた。

その隙に由那が背骨の上を走り抜ける。

由那の持つ斧が巨大化した。由那はその斧でボーンドラゴンの首を斬った。

ボーンドラゴンの頭部が首から離れて、地面に落ちる。

ボーンドラゴンの動きが止まった。

周囲にいた兵士たちは、ぽかんと口を開けて、頭部のなくなったボーンドラゴンを見つめる。

そして――。

「やった！　やったぞ！　ボーンドラゴンを倒したぞ！」

「うおおおっ！」

「俺たちは勝ったんだーっ！」

ボ……ボゴッ……。

ボーンドラゴンの首から、不気味な音が聞こえた。

全員の視線がボーンドラゴンに向く。

ボゴ……ボゴボゴ……。

ボーンドラゴンの切断された首の部分から骨と肉が増殖し、新たな頭部を作り上げた。

「ゴッ……ゴゴッ……ガアアアアア！」

ボーンドラゴンは黒い炎を吐き出した。呆然としていた兵士たちの体が炎に包まれ、数秒で絶命する。

「頭も再生するのか……」

掠れた声が僕の口から漏れる。

前に戦ったジュエルドラゴンとは違う強さがある。生半可な物理攻撃では斬った部分が再生されてしまうし、炎の矢の魔法も全く効いてない。災害クラスのモンスターってわけか。

グラビティチェーンの効果が切れ、ボーンドラゴンの動きが速くなった。

前脚で兵士たちを倒しながら、一直線にシャムサスのいる壁際に進む。

魔道師部隊の兵士たちが側面から、火球の魔法を連射する。

ボウリングの球のような火球が次々とボーンドラゴンの体に命中した。

それでもボーンドラゴンの速度は落ちなかった。立ち塞がる兵士たちを撥《は》ね飛ばして、黒い壁に突っ込んだ。

壁の一部が崩れ、兵士たちの体を押し潰す。

まずい！　シャムサスは……あ、無事か。

シャムサスとミリア百人長が壁際を走っているのを見て、僕は胸を撫で下ろす。

って、ほっとしてる場合じゃない。少しでも早くボーンドラゴンを倒さないと！

僕は倒れている兵士たちの間をすり抜けて、ボーンドラゴンに近づく。

ボーンドラゴンの周囲には鎧をつけた大柄の兵士たちがいて、必死にその動きを止めていた。

よし！　この位置なら……。

僕は『天界龍《てんかいりゅう》のウロコ』『百年聖水《ひゃくねんせいすい》』『ダグル鉱石《こうせき》』、光妖精の髪の毛、魔力キノコを組み合わせる。

僕の頭上に長さ五メートル以上の巨大な槍――『ホーリージャベリン』が具現化した。それは金色に輝いていて、表面に魔法文字が刻まれている。

「いけええっ！」

僕が右手を動かすと、ホーリージャベリンが動き出した。

空気を裂くような音がして、ホーリージャベリンがボーンドラゴンの胴体に突き刺さった。

「一発だけじゃないよ」

僕は、さらに三本のホーリージャベリンを具現化する。それが次々とボーンドラゴンの体に突き刺さる。

「ガッ……ゴガガッ！」

ボーンドラゴンは長い首としっぽを振り回しながら、苦しげな咆哮《ほうこう》をあげる。

ホーリージャベリンは聖属性の魔法だからな。突き刺さっている間は再生もしにくいだろう。

僕はダールの指輪に収納している素材を確認する。

百年聖水がなくなったか。もう、ホーリージャベリンは使えないな。

だけど、一本が後脚に刺さっていて、動きが鈍くなってる。

これなら、みんなも攻めやすいはずだ。

クロとミルルがホーリージャベリンの刺さった後脚を攻撃し、由那が巨大な斧で前脚の爪を折る。

「魔道師部隊！『金糸《きんし》』の魔法を使って、ボーンドラゴンの動きを止めろ！」

リクソン千人長の指示に従って、杖を持った兵士たちが呪文を唱える。

無数の金色の糸がボーンドラゴンの体に巻きつく。

「今度こそ、決めるぞ！　俺に続け！」

リクソン千人長は青白い刃のロングソードを握り締め、ボーンドラゴンに突っ込んだ。

同時に他の兵士たちもボーンドラゴンに攻撃を仕掛ける。

その時――。

ボーンドラゴンの体に埋まっていた無数の頭蓋骨《ずがいこつ》が口を開けた。上下の歯の間から、赤黒い血が噴き出し、周囲にいた兵士たちの体に降りかかる。

兵士たちの服と皮膚が溶け、至るところで悲鳴があがる。

こんな攻撃もできたのか。

僕は唇を強く噛んで、ボーンドラゴンをにらみつける。

このドラゴンは僕の想像以上に強い。出し惜しみしてる状況じゃなかった。

僕はイヤホンで、由那、クロ、ミルルに連絡を取った。

『みんな、アレを使うから、兵士たちを避難させて！』

『にゃっ？　あれはゾルデス用じゃないのかにゃ？』

ミルルの驚いた声がイヤホンから聞こえてくる。

『一回しか使えないって、優樹は言ってたにゃ』

『うん。スペシャルレア素材を十個使用するからね。でも、これ以上の犠牲者を出すわけにはいかないんだ』

僕は暴れ回っているボーンドラゴンを見つめる。

『アレなら、ボーンドラゴンでも倒せるはずだから』

『待てっ！』

クロが僕とミルルの会話に割って入った。

『切り札をこんなところで使うな。アレを使ってゾルデスを倒すのが、俺たちの基本戦略だぞ』

『だけど、このままじゃ、最果ての大迷宮に行く前に軍隊が全滅するよ』

『ああ。わかってる。だから、俺がボーンドラゴンを殺す』

『殺すって……どうやって？　みんなで戦っているのに、ボーンドラゴンに致命傷を与えられていないんだよ？』

『俺の切り札を使う』

イヤホンから聞こえてくるクロの声が低くなった。

『ただ、この技を使えば、魔力と体力を全消費して、五日以上眠ることになるだろう。後のことは頼んだぞ』

『それで今まで使わなかったのか』

『ああ。切り札は隠しておくものだからな』

『その切り札でボーンドラゴンを倒せるの？』

『確実に倒せる……とは言えんが、お前の切り札を使うよりはマシだからな』

『……わかった。由那とミルルはクロをサポートして。僕も状況で動くから』

イヤホンでの会話を終えて、僕はボーンドラゴンに向かって走り出す。

由那とミルルがボーンドラゴンの右側面から攻撃を仕掛けた。

ボーンドラゴンは首を捻りながら、黒い炎を吐き出す。由那とミルルは左右に分かれて、その炎を避けた。

視線を動かすと、クロがボーンドラゴンの正面に立っているのが見えた。

クロはだらりと両手を下げて、口を動かしている。

何かの呪文を唱えているようだ。

数秒後、クロの体が淡く金色に輝き、伸びていた爪が金色に変化する。

あれがクロの切り札なのか？

クロは前傾姿勢でボーンドラゴンに突っ込んだ。

その姿が二つに分かれる。

二人のクロはさらに二つに分かれ、四人になった。その四人が八人になり、十六人になり、三十二人になる。

三十二人に増えたクロが一斉にボーンドラゴンに攻撃を仕掛けた。

金色に輝く爪がボーンドラゴンの体を斬り裂き、骨を削り取っていく。

「ゴアアアアッ！」

ボーンドラゴンは前脚を動かして、複数のクロを攻撃する。

その瞬間、ボーンドラゴンの周囲に無数の小さな魔法陣が出現する。その魔法陣を足場にして、クロたちは攻撃を続ける。

ボーンドラゴンの体が削れ、赤黒い血が地面を染める。

速い……速過ぎる。

僕は三十二人のクロたちの動きを視線で追う。

ボーンドラゴンの周りには足場になる魔法陣があって、クロたちの連続攻撃が止まらない。しかも、三十二人のクロの動きはばらばらだ。

「ゴッ……ゴガッ……」

ボーンドラゴンは大きく翼を広げて、後脚だけで立ち上がった。その巨体がふわりと宙に浮く。

「そうはさせん」

三十二人のクロたちが同時に口を動かした。

クロたちは左右の翼に攻撃を集中させる。数秒で翼の骨と肉が削られ、ボーンドラゴンは地面に落ちた。

「ゴアアアーッ！」

ボーンドラゴンは長い首を動かしながら、黒い炎を吐く。

しかし、クロたちはその炎を宙に浮かんでいる魔法陣を蹴ってかわす。同時に別の場所にいたクロたちがボーンドラゴンの巨体を削っていく。そのスピードはボーンドラゴンの再生能力よりも速かった。

「ゴ……ゴゴッ……」

ボーンドラゴンの巨体が一回り小さくなり、さらに赤黒い筋肉が斬り裂かれていく。

そして――。

「ガ……ガガ……」

大量の血を吐き出し、ボーンドラゴンが横倒しになった。

同時に三十一人のクロの姿が消え、一人に戻る。

クロは肩で息をしながら、どろどろに溶け出したボーンドラゴンの肉体を見つめる。

「完全に死んだようだな」

クロのつぶやきを聞いて、周囲にいた兵士たちが歓声をあげた。

「やった！　今度こそボーンドラゴンを倒したぞ！」

「あ、ああ。間違いない。完全に死んでやがる」

「うおおおっ！　やったぞ。俺たちは勝ったんだ！」

兵士たちは目を赤くして、こぶしを握り締める。

僕はクロに駆け寄った。

「クロっ！　大丈夫？」

「なんとか……な」

クロはまぶたを半分閉じて、僕を見上げる。

「後のことは……頼んだ……ぞ」

ぐらりと傾いたクロの体を僕は抱き留めた。

「クロ……ありがとう」

僕は眠っているクロの肩をそっと撫でた。

あんな技を使えるなんて、さすがクロだな。おかげでアレを温存することもできた。

「う……」

溶けたボーンドラゴンの肉塊《にくかい》の中から、微かな声が聞こえた。

この声は……。

僕は近くにいた由那にクロを預けて、ボーンドラゴンの残骸に近づく。

その中から、エリナが這い出てきた。エリナの腹部は深く斬り裂かれていて、両足からも大量の血が流れ出していた。

ボーンドラゴンごと、クロの爪に引き裂かれたのか……。

「ゆ……優樹くん。た、助けて……」

エリナは瞳を潤ませて、僕を見つめる。

「降伏する……から」

「……無理だよ」

僕は首を左右に振った。

「回復魔法を使えば、君は助かるかもしれない。でも、それはできない」

「ど……どうして？」

「君は裁判を拒否して、戦いを続けた。そして、ボーンドラゴンを操って、多くの兵士を殺した。そんな君を助けることはできないよ」

「そんな……」

エリナの目から涙が流れ落ちた。

「そんなの……ひどい。私たち……クラスメイトなのに」

「今さら、そんなこと言うな！」

僕の声が大きくなった。

「君には改心するチャンスが何度もあった。それなのに自分の欲のために魔族の味方をした。そんな君を助けられるわけないだろっ！」

「……ち……違う。私は……悪く……な……い」

エリナの瞳から輝きが消え、微かに動いていた口が開いたまま、停止した。

僕は片膝をついて、エリナの目を指で閉じる。

「……君はバカだよ。これだけの能力を手に入れていたのなら、もっと賢い生き方があったはずなのに」

僕は唇を強く結んで、エリナの亡骸《なきがら》を見つめた。

その日の夕方、僕はシャムサスのテントに呼び出された。

「ありがとうございます。優樹さん」

シャムサスは僕に頭を下げた。

「優樹さんのおかげで勝つことができました」

「いや、クロのおかげです。クロがいたから、エリナの切り札のボーンドラゴンを倒すことができました」

「そうですね。でも、優樹さんがいたから、城に潜入することができたし、スケルトンの軍隊を無効化することもできました。君の功績も素晴らしいものです」

シャムサスは目を細くして僕を見つめる。

「創造魔法が使える君がいるから、策が立てやすくなります」

「これからの予定は決まってるんですか？」

「二日ほどここで休息を取った後、最果ての大迷宮に出発予定です」

「激しい戦いだったから、そのぐらい休んだほうがいいでしょうね」

「はい。それでお願いがあります。今夜、勝利を祝って、夕食に酒を出す予定なんです。それで、優樹さんに異界の料理をお願いしたくて」

「異界の料理ですか？」

「ええ。優樹さんの出す異界の料理は相当美味しいと噂がありまして」

シャムサスは僕の耳元に顔を近づけて唇を動かす。

「実は私も食べてみたくなったんです」

「えーと、料理を出すのは問題ないんですが、兵士全員の分となると、素材の『滋養樹《じようじゅ》の葉《は》』が足りないです」

「滋養樹の葉はこちらで用意します。保存食を作る時のために準備していましたから」

「あ、そうなんですね。じゃあ、問題ありません。同じ料理でいいのなら、魔力キノコは一つで大丈夫だし」

「それでは、一時間後に」

シャムサスは白い歯を見せて、僕に笑いかけた。


一時間後、周囲は暗くなっていて、夜空に浮かぶ二つの月がオアシスの泉に映っていた。

オアシスの周囲には多くの兵士と冒険者がいて、高台の上にいるシャムサスを見つめている。

「勇敢な兵士と冒険者の皆さん！」

シャムサスの声が増幅の魔法の効果で大きくなった。

「皆さんの勇戦により、私たちは今日の戦いに勝利することができました。感謝します」

シャムサスは深く頭を下げる。

「今夜は勝利の祝いとして、エールとワインを用意しています」

「おおーっ！」

兵士たちの瞳が輝いた。

「いいねぇ。久しぶりの酒だぜ」

「ああ。ずっと飲めなかったからな」

「よっしゃ！　さすがシャムサス様だ。俺たちのことをわかってるぜ」

「それと、もう一つ」

シャムサスは人差し指を立てた。

「創造魔法の使い手である水沢優樹さんが、皆さんに異界の料理をごちそうしてくれることになりました」

「異界の料理？」

体格のいい兵士が首をかしげた。

「それって美味いのか？」

「いや、わからん」

隣にいる兵士が答えた。

「だが、保存食よりましだろ。あれは口の中がぱさぱさするし、薬みたいにまずいからな」

「俺は酒が飲めるのなら、何だっていいぜ」

「ははっ、そうだな」

至るところで笑い声があがる。

あんまり期待されてないな。

僕は頭をかきながら、苦笑する。

まあ、普通はそんなものか。彼らからしたら、見知らぬ外国の料理みたいなものだろうし。

「では、優樹さん。お願いします」

シャムサスにうながされて、僕は白いシートが敷かれた場所に移動した。

うーん。何の料理にするかな。

僕は周囲にいる兵士たちを見回す。

テーブルやイスがあるわけじゃないから、本格的な料理より、ぱっと食べられるものがよさそうだな。なら、ビッグマグド……あ……。

僕は夜空に浮かぶ二つの月を見つめた。

そうだ。あれにするか。

僕は『バルク草《そう》』、魔力キノコ、そして木箱の中に入っている大量の滋養樹の葉を使って、マグドナルドの限定ハンバーガー『お月見《つきみ》バーガー』をシートの上に具現化する。

積み重なった無数のお月見バーガーを見て、兵士たちの目が丸くなった。

「これが創造魔法か。すげぇな」

「あ、ああ。錬金術師とは具現化の規模もスピードも違い過ぎる」

「そんなことより、あの箱が食い物なのか？」

「いいえ。箱の中にパンが入っているんです」

僕は兵士の疑問に答えた。

「パンって、乾パン……なのですか？」

「いや。もっと柔らかくて、ひき肉とベーコンとチーズも入ってますよ。それと卵も」

「……は、はぁ？」

兵士は首をかしげる。

「パンにベーコンを挟んで食ったことはありますが、ひき肉とチーズと卵もですか……」

「まあ、温かいうちに食べてみてください」

「は……はい」

兵士は箱を開いて、お月見バーガーを手に取った。

ふわりとチーズの匂いが周囲に漂ってくる。

兵士は緊張した顔で、お月見バーガーを一口食べた。その目が大きく開く。

「で、では……」

「……んむ……んんっ……」

兵士は黙々とお月見バーガーを食べ続ける。

その姿を見て、他の兵士たちも次々とお月見バーガーを食べ始めた。

「……うっ、美味ぇ」

別の兵士が驚きの声をあげた。

「パンがめちゃくちゃ柔らかいし、ひき肉も臭《くさ》みが全くないぞ」

「このベーコンもいいぞ。塩辛くなくて、いい匂いがする」

「パンと卵とチーズと肉をいっしょに食ったら、こんなに美味くなるのか？」

「このオレンジ色のソースがいいんだ。酸味があって、肉にも卵にも合う。パンに肉を挟んだ料理は食ったことがあるが、これは別物だぞ」

「ああ。戦場で、こんな美味いものが食えるなんて……」

兵士たちは夢中でお月見バーガーを食べ続ける。

その姿を見て、僕の頬が緩んだ。

よかった。気に入ってもらえたみたいだ。

視線を動かすと、冒険者たちも夢中でお月見バーガーを食べている。その中にはエルフの女騎士、ティレーネの姿もあった。

ティレーネは幸せそうな顔をして、口を動かしている。

ティレーネの口にも合ったみたいだな。

「やっぱり、元の世界の料理ってすごいね」

隣にいた由那が言った。

「みんな、すごく幸せそうな顔して食べてるよ」

「お月見バーガーは日本でも人気だからね。特にこんな夜には食べたくなるよ」

「夜？　あ、月かぁ」

「うん。こっちの月は二つあるけどね」

僕は笑いながら、夜空に浮かんだ二つの月を指さす。

「本当なら、コーラとポテトもつけたかったけど、その分、滋養樹の葉が必要になるからね」

「優樹っ！」

口元にオレンジ色のソースをつけたミルルが僕に走り寄ってきた。

「この食べ物は何にゃ？　すごく美味しいにゃ」

「お月見バーガーだよ。期間限定で販売されているハンバーガーかな」

「むむっ。期間限定かにゃ。だから、美味しいんだにゃ」

「そういうわけじゃないけど。って、ミルルは杉阪牛のステーキのほうが好きだろ？」

「たしかに杉阪牛のステーキは唯一無二の存在にゃ。でも、これはこれで美味しいのにゃ。お肉とチーズと卵とパンがいっしょに食べられるのにゃ。まさに神の発明にゃ」

ミルルは口元についたソースを舐める。

「というわけで、五日に一度は杉阪牛のステーキの代わりに、お月見バーガーを食べたいにゃ。この交渉でミルルが妥協することはないにゃ！」

「いや、それでいいよ。どっちの料理を出しても使う素材は同じだし」

というか、金額で考えるなら、圧倒的に杉阪牛のステーキのほうが高いんだけどな。お月見バーガーは四百円で買えるし。

僕は頭をかきながら、ミルルを見つめる。

まあ、いいか。ミルルがそれでいいのなら。

交渉（？）が成功して喜んでいるミルルを見て、僕は苦笑した。

◇　◇　◇

その日の深夜、僕はオアシスを囲う壁の上で西に傾いていく二つの月を眺めていた。

下からは酒に酔った兵士たちの笑い声が聞こえてくる。

「みんな、元気だな」

そうつぶやいて、大きく背伸びをした。

戦いに勝って、気分が高揚して眠れないのかもしれない。

視線を西に向けると、月に照らされた青白い砂漠が見えた。

この先に魔王ゾルデスのいる最果ての大迷宮がある。

一瞬、周囲の温度が数度下がったような気がした。

ゾルデスの情報は、少しだけどアコロンから聞いている。無尽蔵の魔力を持ち、六属性全ての魔法が使えるようだ。当然、今まで戦ってきた七魔将よりも強いんだろう。

もっと情報があれば、対策も立てられるのに……。

「優樹くん」

突然、背後から声が聞こえた。

振り返ると、そこには由那が立っていた。

由那は僕に歩み寄り、ぐっと顔を近づけた。

「どうかしたの？　ちょっと顔が強張ってるよ」

「あれ？　そう……かな？」

僕は冷たくなっていた自分の頬に触れる。

「夜風が冷たかったし、いろいろ考えていたせいかも」

「何を考えていたの？」

「……ゾルデスのことだよ。もっと情報が欲しいと思ってさ」

僕は右手にはめているダールの指輪を見る。

「情報が多ければ、それだけ対策も立てられるんだけどなぁ」

「でも、優樹くんはゾルデスを倒すためにいっぱい準備してるよね？　新しい魔法とか武器とか」

「それだけじゃ不安なんだ。なんせ、相手は魔王だからね」

「魔王か……」

由那の表情が引き締まる。

「すごく強いんだろうね」

「うん。創造魔法を使えるアコロンでも勝てなかったんだから」

「……ゾルデスが怖いの？」

由那の質問に僕は数秒間沈黙した。

「……怖いよ。自分が死ぬのも怖いし、みんなが死ぬのも怖い」

「みんなって、私も？」

「もちろん。由那、クロ、ミルルにティレーネさん。そして白薔薇の団のみんなだよ」

僕は由那をじっと見つめた。

「その中でも一番失いたくないのは君だよ」

「……私？」

「うん。自分が死ぬより、君が死ぬほうがイヤだな。心の底からそう思うよ」

「優樹……くん」

メガネの奥の由那の瞳が揺らめいた。

一瞬、その瞳に吸い込まれそうになる。

やっぱり、僕は由那が好きなんだな。魅力を抑えるメガネをつけていても、由那を好きだという感情は変わらない。

小学生の頃の由那の姿が脳裏に浮かんだ。

登校の時、由那と手を繋ぐのは楽しかった。笑顔で話しかけてくる由那を見て、僕の心が弾んだ。恋なんて言葉も知らなかったあの頃から、僕は由那に惹かれていたんだろう。

そして、異世界に転移してから、その想いは強くなっていった。

僕は結んでいた唇を開く。

「……由那。僕の恋人になってくれる？」

ずっと言いたかった言葉が自然に口からこぼれた。

「え……？」

由那は驚いた顔をして僕を見る。

「本当は『幻魔《げんま》の化石《かせき》』で君のモンスター化を治した後に言うつもりだったんだ。でも、ゾルデスとの戦いで自分が死ぬかもしれないって考えたら、今のうちに自分の気持ちを伝えておきたくて」

両手のこぶしを固くして、僕は言葉を続けた。

「だから、返事はしなくていいよ。僕が言いたかっただけ……」

「わっ、私も優樹くんの恋人になりたい！」

僕の言葉をさえぎって、由那が言った。

「モンスター化のせいでそう思ってるんじゃないよ。前にも言ったように優樹くんは特別だから」

由那はふくよかな胸に右手を寄せる。

「私、すごく嬉しいよ。優樹くんの恋人になれて」

「本当に僕でいいの？」

「それは私のセリフだよ。この世界じゃ、優樹くんはよりどりみどりなんだから」

由那は僕の胸を人差し指で突いた。

「ティレーネさんも優樹くんの恋人になりたいって言ってたし」

「えっ？　言ってた？」

「うん。三日前だったかな。ティレーネさんが私に伝えに来たの。優樹くんの恋人になりたいって」

「伝えに来たって、そんなこと伝えるものなの？」

「こっちではよくあることだって。ほら、何人とでも結婚できるみたいだから」

「それはわかってるけど……」

うーん。それでも不思議な感じがするな。みんな、納得してるんだろうか？

「で、『いいよ』って伝えておいたから」

「そっか。いいよって……ええっ？」

思わず、大きな声が出た。

「……いいの？」

「ティレーネさんは打算抜きで優樹くんのことを好きだしね。それに私が優樹くんの一番目の恋人って、認めてくれたから。本当はさっきまで恋人じゃなかったのに」

由那は目を細めて苦笑する。

「もちろん、ティレーネさんを恋人にするかどうかを決めるのは優樹くんだよ」

「いや。そんなこと考えてなかったよ。僕は……由那が好きなんだから」

「でも、ティレーネさんも嫌いじゃないでしょ？」

「それは……」

「ほら、少し悩んでる」

わざとらしく、由那は頬を膨らませる。

「ティレーネさんはエルフでキレイだし、純粋でいい人だもんね」

「あ……いや……」

「そんなに困った顔しなくていいよ。ティレーネさんを恋人にしてもいいって、私が認めてるんだから」

由那は一歩前に出て、僕に顔を近づける。

「ねぇ、優樹くん。お願いがあるんだ」

「……お願いって？」

「自分が一番目の恋人って、自信を持ちたいんだ。だから……」

「だから？」

「……キス……してほしいかな」

その言葉に僕の心臓が跳ねた。

「キ……キス？」

「うん。恋人同士になったし、いいよね？」

「あ、そう……だよね」

顔が熱くなり、ノドが動いた。

僕の視線の先に由那の唇がある。月明かりに照らされた唇はわずかに開いていて……。

「優樹……くん」

由那はメガネの奥の目を閉じた。

僕の思考が停止して、何も考えられなくなった。

由那の両肩に触れ、由那の唇に自分の唇を合わせる。

由那……僕の一番大切な人。

数秒後、僕と由那の唇が離れ、お互いに見つめ合った。

「……ふぅ」

由那が深く息を吐いて、自身の唇に指を当てる。

「やっと、キス……できたね」

「うん。この前はミルルに邪魔されたし」

「あはっ、そうだったね」

由那が笑った。

「でも、これで、ほっとしたよ」

「ほっとした？」

「うん。みんな、私が優樹くんの一番目の恋人って思ってるんだもん。それなのにキスもしてないなんて、言いにくくて」

「あ……そうなんだね」

何と言っていいのかわからずに、僕は口をもごもごと動かす。

白薔薇の団は年頃の女の子がいっぱいいるからな。恋愛系の話をすることが多いのかもしれない。

「ねぇ、優樹くん」

由那が僕の上着を掴んだ。

「これからも優樹くんを好きになる女の子がいっぱい現れると思うんだ」

「そんなこと……」

「あるんだよ。優樹くんは創造魔法の使い手でSランクの冒険者なんだから」

「あ、う、うん」

「その子たちを恋人にするかどうかを選ぶのは優樹くんだよ。でも、一番は私がいいな」

「もちろん、一番は由那だよ。いっ、いや、二番とか考えてないから」

僕は両手を胸元まで上げて、ぶんぶんと首を左右に振る。

「どうかな？　優樹くんは押しに弱そうだし、意外とえっちなところあるから」

「え？　えっちなところ？」

「だって、前に言ったよね。私が一人で……してるところを見たいって」

「そっ、それは……由那だから」

「……ふふっ！」

焦っている僕を見て、由那が笑った。

その顔を見て、僕の頬も緩む。

「……ありがとう、由那。君のおかげで心が軽くなったよ」

僕は由那の肩に触れた。

「僕はゾルデスを倒すよ！　アコロンの願いを叶えるために、そして人族の未来と大切な仲間を守るために」

「私もいっしょに戦う。優樹くんを守るのが私の役目だから」

「うん。由那が守ってくれるから、僕は安心して戦うことができるよ」

「クロとミルルもいるしね」

「そうだね。みんながいれば、ゾルデスがどんなに強くても、僕たちは負けない！」

そうだ。僕には信頼できる仲間がいる。いっしょに戦ってくれる兵士や冒険者もいる。

みんなで戦って、ゾルデスを倒すんだ！

僕は唇を強く結んで、月明かりに照らされた西の砂漠を見つめた。

エピローグ

広大な砂漠をモンスターの軍隊が西に向かって進んでいた。

ゴブリン、オーク、リザードマン、オーガ。

角の生えた魔族やダークエルフの姿もある。

最後尾にいた霧人に、額に角を生やした魔族の女が駆け寄った。

女の見た目は十代後半ぐらいで、長い髪は銀色、瞳は金色だった。服は濃い赤色で腰に二つの短剣を提げている。

「霧人様、エリナ様が人族に殺されたというのは本当ですか？」

「みたいだね」

淡々とした口調で霧人が言った。

「エリナは人族の軍を甘く見過ぎた。いろいろと準備してたみたいだけど、負ける可能性はそれなりにあったよ」

「ならば、私たちでオアシスにいる人族の軍を攻めましょう！　今なら奴らも油断してるはずです」

「それは無理だよ、ミュレル」

霧人は女――ミュレルの名を口にした。

「既に一度、奇襲をかけてるからね。人族の軍師のシャムサスは頭がいい。当然、対策もしてるだろう」

「では、どうするのです？」

ミュレルは銀色の眉を吊り上げる。

「このままでは私たちは人族に敗れた弱者と嘲笑《ちょうしょう》される立場となります」

「敗れたのはザナボアとエリナの軍だよ。僕たちの軍が敗れたわけじゃない。それに他人の評価なんて、どうだっていいだろ？」

「し、しかし、このまま人族の軍の侵攻を許せば、霧人様が七魔将から降格させられるかもしれません」

「僕のことを心配してるの？」

「当然です。私は霧人様の副官なのですから」

ミュレルはぴんと背筋を伸ばした。

「二度の敗戦の責任はザナボア様とエリナ様にあります。しかし、その軍にいた霧人様にも責任が及ぶ可能性はあるかと」

「そうだね。でも、七魔将からの降格はないよ。もう、七魔将は三人しか残ってないから」

「ですがっ！」

「わかってる。ちゃんと人族の軍は止める」

「戦うということですか？」

「うん。最果ての大迷宮の手前の森でね」

霧人は視線を西に向ける。

「森なら砂漠と違って攻めやすいから」

「……何か策はあるのでしょうか？」

「まあね。いくつか考えているよ」

「それはどのような策でしょうか？　副官として情報を共有しておきたいのですが」

「我も気になるな」

突然、霧人たちの頭上から、しわがれた男の声が聞こえた。

霧人が視線を上げると、宙に黒いローブを羽織った老人が浮かんでいた。

老人は背丈が二メートル近くあり、枯れ木のような肌をしていた。二つの角が生えた頭に髪の毛はなく、くぼんだ目の奥が赤く輝いている。だらりと下げた細い両手の指には無数の青黒い宝石が埋め込まれている。

霧人の表情が固くなった。

「……ゾルデス様」

霧人は片膝をついて、頭を深く下げた。隣にいるミュレルも同じように片膝をつく。

老人――ゾルデスはゆっくりと地上に下り、黒い唇を開いた。

「人族の軍に苦戦しているようだな」

「申し訳ありません。先程、姫川エリナが殺されました」

「……そうか。あの女には期待していたのだが」

ゾルデスの口から白い息が漏れた。

「まあいい。それで人族の軍を潰す策とは何だ？」

「人族の軍師シャムサスと創造魔法の使い手水沢優樹を殺すことです」

霧人はきっぱりと答えた。

「シャムサスの策でザナボアは殺されました。彼は兵士を統率する力が高く、シャムサスが指揮することで軍がより強くなっていると感じました」

「……ふむ。水沢優樹の創造魔法はどの程度のものなのだ？」

「危険な能力です。新たに生み出した魔法は対処する方法が難しく、その創造魔法によって、エリナが作った城が攻略された可能性があります」

「だから、二人を殺して、人族の軍を弱体化させる……か」

「はい。予想では二人が死ねば、人族の軍は撤退します。全ての兵士を殺す必要はありません」

「その二人を殺す手段があるのだな？」

ゾルデスの質問に霧人はうなずいた。

「はい。最果ての大迷宮の手前にある森なら、奇襲をかけることができます。その時に僕が二人を殺します」

「人族も奇襲は警戒していると思うが？」

「それを気づかせないように軍を動かします。あの森なら、地の利もこちらにありますから」

「……いいだろう。お前の策で二人を殺せ！」

「わかりました。ゾルデス様のご希望通りに」

霧人の漆黒の瞳が暗く輝いた。

【創造魔法】を覚えて、万能で最強になりました。
クラスから追放した奴らは、そこらへんの草でも食ってろ!

モンスターデザインラフ大公開!

ボーンドラゴン

ドルセラ

バルズ
カマキリの
ような下半身
ルゼム
ザナボア

【創造魔法】を覚えて、
万能で最強になりました。
SOZOMAHO WO OBOETE BANNO DE SAIKYO NI NARIMASHITA
クラスから追放した奴らは、
そこらへんの草でも食ってろ!
学校ごと異世界転移!?
クラスを追放された高校生が
最強魔法でカーストも
異世界の常識も覆す!
1
原作 久乃川あずき
漫画 じょんたろう
好評発売中!!
ある日、学校ごと異世界転移してしまった七池高校二年A組の生徒たち。主人公・水沢優樹は足のケガを理由に役立たずと罵られ、クラスから追放されてしまう。呆然と森をさまよう優樹だったが、謎の人形と出会い、あらゆるものを具現化できる【創造魔法】を伝授される。その引き換えに、魔王ゾルデスの討伐という大命を任されて——!? 次世代ファンタジーカップ「面白スキル賞」受賞作、待望のコミカライズ!!
◎B6判 ◎定価:748円(10%税込) ◎ISBN 978-4-434-31760-6
【創造魔法】を覚えて、
万能で最強になりました。
クラスから追放した奴らは、
そこらへんの草でも食ってろ!
久乃川あずき
じょんたろう
1
最強魔法でカーストも
異世界の常識も覆す!
Webにて好評連載中!
アルファポリス 漫画
検索

The Record by an Old Guy in the world of Virtual Reality Massively Multiplayer Online
とあるおっさんのVRMMO活動記
1〜27
椎名ほわほわ
Shiina Howahowa
アルファポリス 第6回 ファンタジー小説大賞 読者賞受賞作!!
累計150万部突破の大人気作
(電子含む)
ついにTVアニメ化決定!!!
コミックス 1〜10巻 好評発売中!
超自由度を誇る新型VRMMO「ワンモア・フリーライフ・オンライン」の世界にログインした、フツーのゲーム好き会社員・田中大地《たなかだいち》。モンスター退治に全力で挑むもよし、気ままに冒険するもよしのその世界で彼が選んだのは、使えないと評判のスキルを究める地味プレイだった!
——冴えないおっさん、VRMMOファンタジーで今日も我が道を行く!
1〜27巻 好評発売中!
各定価：1320円(10%税込)　illustration：ヤマーダ
漫　画：六堂秀哉　B6判
各定価：748円(10%税込
アルファポリスHPにて大好評連載中!
アルファポリス 漫画　検索

著 水都 蓮
Minato Ren
トカゲ（本当は神竜）を召喚した聖獣使い、竜の背中で開拓ライフ
～無能と言われ追放されたので、空の上に建国します～
祖国を追い出された聖獣使い、
巨竜の背で自由に生きる!!
竜大陸から送る、爽快天空ファンタジー！
聖獣を召喚するはずの儀式でちっちゃなトカゲを喚び出してしまった青年、レヴィン。激怒した王様に国を追放された彼がトカゲに導かれ出会ったのは、大陸を背負う超でっかい竜だった!?　どうやらこのトカゲの正体は真っ白な神竜で、竜の背の大陸は彼女の祖国らしい。レヴィンは神竜の頼みですっかり荒れ果てた竜大陸を開拓し、神竜族の都を復興させることに。未知の魔導具で夢のマイホームを建てたり、キュートな聖獣たちに癒されたり――地上と空を自由に駆け、レヴィンの爽快天上ライフが始まる！
◎定価：1320円（10%税込）　◎ISBN978-4-434-31749-1　◎Illustration：saraki
アルファポリス第2回次世代ファンタジーカップ「心燃えるアツい展開賞」受賞　アルファポリス

貴族の養子である青年リュークは、神様からギフトを授かる一生に一度の儀式で、「スマホ」というX（エックス）ランクのアイテムを授かる。しかし養父から「それはどうしようもなくダメという意味の『X（バツ）ランク』だ」と言われ、役立たず扱いされた上に勘当されてしまう。だが実はこのスマホ、鑑定、能力コピー、素材複製、装備合成などなど、あらゆることが可能な「エクストラ」ランクの最強ギフトだった……!!　Xランクギフトを活かして異世界を自由気ままに冒険する、成り上がりファンタジー、開幕!

●定価：1320円（10%税込）●ISBN：978-4-434-31643-2 ●Illustration：蓮禾

この作品に対する皆様のご意見・ご感想をお待ちしております。

おハガキ・お手紙は以下の宛先にお送りください。

【宛先】

〒150-6008 東京都渋谷区恵比寿4-20-3 恵比寿ガーデンプレイスタワー 8F
（株）アルファポリス　書籍感想係

メールフォームでのご意見・ご感想は右のＱＲコードから、
あるいは以下のワードで検索をかけてください。

アルファポリス　書籍の感想　検索

ご感想はこちらから

本書はWebサイト「アルファポリス」(https://www.alphapolis.co.jp/)に投稿されたものを、
改題・改稿・加筆のうえ、書籍化したものです。

【創造魔法《そうぞうまほう》】を覚《おぼ》えて、万能《ばんのう》で最強《さいきょう》になりました。 4
クラスから追放《ついほう》した奴らは、そこらへんの草《くさ》でも食《く》ってろ！

久乃川《くのかわ》あずき

2023年 3月 31日初版発行

編集－藤長ゆきの・和多萌子・宮坂剛
編集長－太田鉄平
発行者－梶本雄介
発行所－株式会社アルファポリス
〒150-6008 東京都渋谷区恵比寿4-20-3 恵比寿ガーデンプレイスタワー8F
TEL 03-6277-1601（営業） 03-6277-1602（編集）
URL https://www.alphapolis.co.jp/
発売元－株式会社星雲社（共同出版社・流通責任出版社）
〒112-0005東京都文京区水道1-3-30
TEL 03-3868-3275
装丁・本文イラスト－東上文
装丁デザイン－AFTERGLOW
印刷－図書印刷株式会社

価格はカバーに表示されてあります。

落丁乱丁の場合はアルファポリスまでご連絡ください。

送料は小社負担でお取り替えします。


ISBN978-4-434-31747-7 C0093